KB117526

매일
다정해지기로
했습니다

일러두기

이 책은 기본적인 교정 규칙을 따랐으나, 작가 특유의 글맛을 살리고자
일부 비표준어 표현을 허용했습니다.

매일 다정해지기로 했습니다

지은이 김지은
펴낸이 임상진
펴낸곳 (주)넥서스

초판 1쇄 인쇄 2023년 10월 5일
초판 1쇄 발행 2023년 10월 10일

출판신고 1992년 4월 3일 제311-2002-2호
주소 10880 경기도 파주시 지목로 5
전화 (02)330-5500 팩스 (02)330-5555

ISBN 979-11-6683-656-5 03810

가격은 뒤표지에 있습니다.
잘못 만들어진 책은 구입처에서 바꾸어 드립니다.

www.nexusbook.com

매일
다정해지기로
했습니다

김지은 지음

다정함이
우리를
만나게 한 것처럼

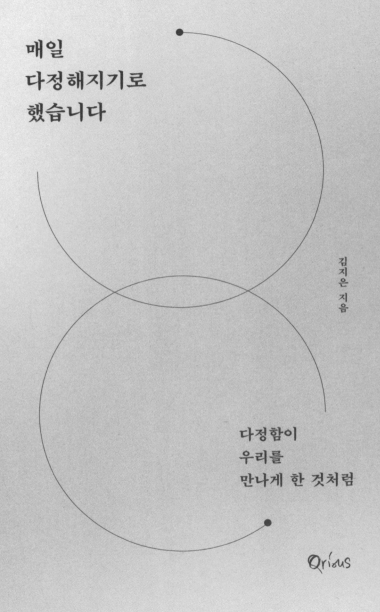

Qrious

●

다정함이란

어두운 산책길에 만난 노오란 불빛의 가로등 같은 것.

옆에 있으면 덜 외롭지.

캄캄할 때는 최고로 다정해지지.

외로운 만큼 다정해진다

○

늘 크고 작은 물음 안에서 산다. 물음을 살아가다 보면 어느새 해답을 살아가게 될 거라던 릴케의 조언처럼 인생의 수많은 물음에 기대어 애쓰던 나날. 결국 난 질문하며 답을 수집하는 에디터가 되었고, 많은 시간 다양한 층위의 인터뷰이를 만나 질문하고 그들의 생생한 이야기를 지면으로 옮겼다.

질문하고, 경청하고, 기록하며 보낸 지난 시간을 떠올린다. 앳된 새내기 기자 시절을 시작으로, 두 아이의 엄마가 되고 한 시절 한 계절을 차곡차곡 쌓으며 마흔을 넘긴 지금. 다행인 점은 이해하고 공감할 수 있는 언어가 늘었다는 것이다. 한 명 한 명 인터뷰이에게 질문하고 답을 구할 때마다 그 질문은 다시 나를 향했다. 선명하게 답하지 못했던 나 자신에게 던지는 질문들과 저마다의 답 사이에서 스스로 찬찬히 들여다보며 또 다른 세계를 읽는 시간이었음을 깨닫는다.

20여 년을 잡지 만드는 일을 하고 있다. 한 권의 잡지가 만들어질 때마다 종종 '가장 기억에 남는 사람은 누구냐'고 묻는 사람들을 만난다. 그럴 때마다 내 안에 단단하고 견고하게 저장된 사람들은 세상이 우러러볼 만한 성공을 일군 인물도, 초인 같은 인물도 아닌 다정함으로 기억된 이들이다. 동료에게 다정하던 리더, 이웃에게 다정하던 예술가, 가족에게 다정하던 가장, 길가에 핀 들꽃에 다정한 누군가.

기억과 감정은 연결되어 흐른다. 세월이 지나도 잊지 않고 어떤 장면, 어떤 사람을 생생히 떠올릴 수 있는 건 감정의 개입 때문이다. 시간이 흐른 지금도 여전히 따뜻한 온기로 기억하는 그들은 모두 다정한 사람만이 내뿜는 위로, 따사로움, 포근함, 편안함, 친밀함의 감정을 내게 남겼다.

여자, 엄마, 아내의 자리에서 사회의 '다정한 시선'을 의식하게 된 건 여러 번의 실패로 포기하고 있던 둘째 아이가 태어난 후부터다. 내겐 막 초등학교에 입학한 첫째 아이가 있었고, 코로나로 온 나라가 마비된 상태였다. 처음 겪는 생소한 불안을 틈타 책임과 역할의 무게는 가중됐고, 글 쓰는 일은 고사하고 초등학교 입학생의 학부모로, 갓난아이의 엄마로, 산후우울증이 채 가시지 않은 산모이자 아내로 가정을 꾸리는 데 모든 에너지를 쏟아야만 했다. 밤의 바다 한가운데 풍랑을 만난 위기의 배처럼 거침없이 흔들리고 흔들리던 날들.

일상의 안정은 요원해 보이고 '나'라는 존재는 점점 더 흐릿해져만 갔다. 징징거리며 투덜대봤자 소용없는 일. 20평

남짓한 사각형 공간 안에는 나의 노동력 없이는 젖병조차 들 수 없는 갓 태어난 아기와 세심한 손길이 필요한 아이가 두 눈을 반짝이고 있었으니, 견디는 수밖에, 어른이 될 수밖에.

삶의 궂은 날을 지나는 이가 간절히 원하는 건 세상의 다정한 말, 눈빛, 태도라는 걸 깨닫는다. 초조, 불안, 두려움이 뒤엉켜 캄캄한 시절을 지날 때쯤 나를 버티게 했던 건 한 사람의 삶을 지지해 준 남편의 다정한 태도, 가족과 이웃의 다정한 눈빛, 다정히 안부를 전하는 동료의 따스함, 세상에 차갑게 뿌리내린 편견에 맞서 '나답게' 삶을 나아가는 언니들의 다정한 이야기와 다정한 언어이던 것처럼.

다정함은 공감 능력을 잃고 뾰족하고 날 선 언어가 일상이 된 각박한 세상에서 1℃의 온기를 불어 넣을 수 있는 유일한 대안처럼 느껴졌다. 다정함을 잃고 싶지 않아서 다정한 말을 찾아 나섰다. 이 세상의 모든 다정한 언어를 알알이, 촘촘히 꿰어 옆에 두고 싶었다.

그렇게 8명의 다정한 언니를 만났다. 한 명 한 명 인터뷰를 끝낼 때마다, 당연하게 생각했던 편견이 폭삭하고 깨지는 파열음에, 다정히 건넨 말이 주는 따뜻한 온도에, 미처 깨닫지 못한 것을 발견하는 기쁨에 돌아가는 길은 늘 달뜬 마음이 벅차오르곤 했다. 그들은 무지하던 내가 던진 서툰 질문을 모두 너그럽게 이해해 주며 삶으로 축적한 통찰과 진솔한 경험을 다정히 건네주었다.

8번의 언니들과의 만남을 엮어 가며 흥미롭게 발견한 건 투쟁에 관한 새로운 방식이었다. 역경을 딛고 쟁취하는 승리의 투쟁이 아니라, 결합하려고 함께 어려움을 견디는 사랑의 투쟁이다. 그런 의미에서 이 이야기는 성숙에 대한 것이다.

그들은 자신의 자리에서 결핍과 불안의 시기를 살아가면서도 주저앉기보다 자신만의 기쁨과 행복의 방식을 적극적으로 찾은 사람들, 불안과 결핍을 '창작'의 원동력으로 삼은 사람들이다. 변두리 기질, 가장자리의 위치, 이방인의 시각으로 세상과 사람들을 관찰하고 직접 체험하며 주어진 현실 안에서 각자의 답을 찾아갔으며, 자기 언어로 선명하고 뚜렷하게 표현해 냈다. 헤매고, 버티며 찾은 무수한 답은 다정한 말이 되어 나와 우리에게로 흘러든다.

누구나 가슴 안에는 고유한 세계가 살아 꿈틀거린다. 만남 사이 오가는 낱말들은 살아 움직이며 엮이고 섞여 생생한 또 하나의 문장으로 완성된다. 이를테면 소소한 내 일상에서 다른 세계로 훌쩍 건너가는 문장, 스쳐 지나갔던 세상의 어떤 세계를 발견하고 가슴 짜릿해지는 문장, 미처 몰랐던 나를 발견하는 문장들 말이다.

덕분에 한 사람, 한 사람과의 만남이 이뤄질 때마다 좋은 책을 읽는 것처럼 빈곤하던 마음에 살이 가득 차오르고 설렘이 빵빵하게 부풀어 올랐다. 만남이 가져온 다른 세상에 대한 진한 경험 덕분에 나는 조금 더 포용하고 조금 덜 편협한 인간이 된다.

'사람은 사람에게 부딪혀야 다듬어진다'는 말이 있듯 우린 수많은 이의 말, 삶, 시(時)에 부딪히면서 완성으로 나아간다. 다정한 말의 부딪힘은 여성을 떠나 '나'를 찾고 내 삶과 존재의 의미를 발견하게 한다. 그런 의미에서라면 자신에게 도달하기 위한 가장 빠른 길은 타인을 거치는 길일지도 모른다.

나 아닌 존재와의 만남은 도달하지 못한 또 다른 세계와 마주하는 일인 동시에 자신이 지닌 신비로움을 대하는 일임을 8번의 만남에서 깨닫는다. 작게 빛나는 각자의 다채로운 경험들은 서로 규정한 한계를 뛰어넘고 내 안에 견고히 쌓여 가로막고 있던 벽을 허문다. 살면서 가끔은 누군가의 다른 이야기들을 받아들이는 작은 창 하나쯤은 열어 두면 좋겠다며 잠긴 창문의 빗장을 푼다.

책의 무게가 쓰는 기쁨을 압도할 때마다 첫 문장을 끄적이던 처음의 마음을 떠올리곤 했다. 부디 이 책이 자신에게 부여된 삶을 책임지면서도 너머의 가능성을 놓치지 않기를, 각자 내놓을 수 있는 삶의 진실한 이야기들이 동시대를 살아가는 이에게 위로를 건네는 다정함으로 다가가기를, 함께 덧붙인 에세이는 같은 관심사를 지닌 사람들에게로 향한 물음이고 나눔이 되기를 소망하는 마음 말이다.

질문이 짙어질수록 우리 사이 윤곽은 점점 옅어졌다. 서로 수용하고, 인정하며, 스며드는 과정은 더 넓은 세계로 확장을 의미하는 일이며, 삶의 다채로움을 사유할 수 있던 가장 인간다운 순간들이다. 만남 후에 내게 남은 낱말과 문장이 제자리를 찾아들 때마다 한 세계와의 만남에서 일어나는 반짝이는 순간을 가장 충실하게 보여 주고 싶다고 소망했다.

이러한 바람은 자연스레 이 책의 구성으로 이어졌다. 나로부터 시작해 타인을 거쳐, 또 다른 세계로 확장해 나가는 성장 과정은 자연스레 '여는 에세이, 인터뷰, 확장된 에세이'라는 형식으로 자리 잡았다. 질문과 답이 오가고, 깨어지고, 깊어지며 확장해 나가던 그 시간이 나를 그리고 나와 함께한 이들을 한 뼘 더 자라게 했을 것이다.

담당 기획편집자인 고나희 팀장의 다정함은 이 책의 존재를 가능하게 했다. 그는 작가로서 글 쓰는 동료의 자리에서 지금은 나의 첫 책을 함께 지어가는 파트너로 옮겨와 다정한 말을 쏟아낸다. 웅크리던 시간을 다독이는 온기 품은 위로처럼 따뜻하고 달갑다.

글을 쓰는 내내 영감 창고이던 어린 두 스승과 한결같은 다정함을 보여준 H에게도 감사를 전한다. 누구보다 물음표로 시작된 글에 마침표를 찍을 수 있도록 다정한 이야기로 용기를 북돋아 준 8명의 인터뷰이에게 존경과 사랑을 보낸다. 매일 밤, 잠들 무렵 하루의 무게를 내려놓으며 떠올릴 것이다. 다정한 언니들과 함께 나눈 진솔한 이야기를.

차례

기꺼이 다정함을 내어 줄 수 있다면

아이와 지하철을 타고 집으로 돌아가는 길이었다. 덜컹, 덜커덩. 열차가 한강을 건널 무렵, 열차 바퀴가 덜컹거리는 소리에 밖을 내다봤다. 네모난 창밖으로 해가 뿜어내는 빛이 강물을 비추고 있었다. 작게 움직이는 물결을 따라 빛이 일렁였다. 윤슬이 부드럽게 반짝였다.

얼마쯤 지나서였을까. 옆에 앉은 교복 차림 소녀의 머리가 스르르 내 어깨에 내려와 앉는다. 고단한 하루의 무게만큼 아래로, 아래로 내려가 깊은 잠에 빠진 것 같다. 빛이 내려앉을 수 있게 자리를 내어 준 강처럼 넓지 않은 어깨를 기꺼이 내주었다. 그런 내 모습을 걱정 어린 눈길로 지켜보는 딸아이에게 작게 "괜찮아"라고 속삭였다. 터널에 진입하자 열차 창문에 비친 소녀와 나, 딸의 모습이 선명해지며 같은 자리에서 졸음과 사투를 벌이던 나의 지난 시간이 떠올랐다.

늦은 퇴근길. 만원 지하철 안에서 1시간을 서서 부대끼다 운 좋게 자리에 앉을 때면 금세 졸음이 쏟아지곤 했다. 깊은 잠에 빠져 버려 옆에 앉은 사람들을 향해 이리 쿵 저리 쿵. 어느 날은 꾸벅꾸벅 졸다 옆자리 아주머니의 어깨를 머리로 툭 치고 말았다. 순간 놀라 깬 내게 아주머니는 "괜찮아요. 아휴, 많이 피곤했나 보네."라며 부러 어깨를 내어 주셨다. 잠결에 문득 따뜻했다. 온화하고 다정한 말이 사르르 마음에 내려앉았다.

가끔 지하철을 타고 한강을 지날 때면 누군가의 어깨에 기대 단잠에 빠진 기억을 떠올린다. 어깨를 내 준 이의 따뜻하고 다정한 온기와 함께. 그 시간을 지나 이제 지친 소녀에게 어깨를 내어 줄 수 있는 어른이 되었다. 그런 내게 딸아이는 지하철을 탈 때마다 "엄마도 피곤하면 내 어깨에 기대도 돼"라고 말해 준다. "얼마나 피곤했으면"이라며 기꺼이 자기 어깨를 내 준 사람들 덕분에 다정함은 시간과 장소를 달리해서 이렇게 이어진다.

삶 사이사이 끼어든 따스함은 마음 한편에 자리 잡아 별자리처럼 성글지만 뚜렷하게 반짝인다. 캄캄한 밤이 찾아올 때, 별을 세듯 헤아려 본 사소한 일상에서 이전에 느끼지 못하던 감정이 사락사락 쌓였다. 이를테면 지하철에서 가방이 열린 채 걷는 사람을 만났을 때, 높은 문턱 앞에서 망설이는 유아차를 볼 때, 올 풀린 스타킹을 신고 걷는 이를 마주했을 때 주저하다 결국 알려 주거나 돕는 감정. 예전엔 '가방 문이 열렸어요'라고 건네는 사람들의 참견에 연신 수줍어하고 당황하며 다정함을 대하는 데 서툴기만 하던 나는 몰랐다. 돌이켜 보면 모두 이런 다정한 오지랖의 혜택이었다는 걸.

이젠 길을 걷다 불쑥 누군가의 필요가 눈에 띄면 말을 건다. 다정함도 건넨다. 마트에서 점원에게 가볍게 안부를 나누고, 옆을 잠시 지나치는 이웃과 깜빡 눈인사를 나누며, 한가한 단골 카페를 찾아 주인장과 시시하면서도 다정한 이야기를 나눈다. 이 시도가 멈출 수 없는 이유는 지난 시절 내가 느끼던 감정을 통과하는 듯한 사람들이 눈에 보여서, 어딘가에서 누군가의 참견을 기다리던 그때의 나를 보는 것 같아서다. 누군가 용기 있게 건넨 다정함에 고맙게도 스르륵 풀리는 게 여전히 존재할 거라고 생각해서다.

한 발짝, 한 발짝 마음이 터주는 길을 따라 조금씩 나아간다. 돌이켜보면 수줍게 건넨 오지랖은 안전 신호처럼 든든하다. 어두운 밤 존재의 가치를 밝게 비추는 가로등처럼 다정하다. 수많은 다정함에 안겨 마음이 봄날처럼 따스해질 무렵, 길고 긴 겨울을 지나 내게도 봄이 찾아왔다. 아이와 손잡고 길을 걷던 봄날. 하필 예쁘고 화려한 꽃이 가득한 정돈된 화단을 뒤로 한 채 길가에 빼꼼히 고개 내민 자그마한 민들레를 본 아이가 금 간 시멘트 사이에 핀 자그마한 꽃에 코끝을 가져다 댔다.

"와~ 민들레야! 민들레!"라며 외치던 아이는 "여기는 왜 그래? 아파?"라며 도로 위, 금이 간 곳을 쓰다듬는다. 상처에 담긴 아픔을 헤아리기라도 하는 듯 금이 간 거친 시멘트 바닥을 보드라운 손으로 어루만진다. 긴 시간 척박한 환경에서 살아 내기 위해 강인한 생명력을 얻어 낸 민들레의 노고에 화답하는 듯, 아이는 연신 '민들레'를 불러 댄다.

작은 몸, 작은 입으로 목 놓아 울던 아이가 세 번째 봄을 맞이하여 꽃의 이름을 부르고 상처를 보듬는 사람으로 자랐다. 내 품에 안겨 여릿여릿 세상을 향한 다정함을 쌓아 올렸다. 가득 채워졌던 자의식은 뒤로 물리고 아이의 눈높이가 되어 본다. 이때 보이는 것은 처음 대하는 게 아니라 늘 봐 왔던 것의 새로움이다. 보이지 않던 게 제대로 보이는 순간, 열린 시야가 화창하고 명쾌하다. 아이의 순수한 웃음 앞에서 작고 사소하지만 미소 짓게 했던 다정함을 상기한다. 잔뜩 어깨 웅크린 채 얼어붙었던 마음을 토닥이는 다정함을 불러 낸다.

세상과 나의 다정한 자세를 의식한다는 건 삶의 풍경에 새로운 질서와 의미를 부여하는 일이다. 덕분에 남루한 오두막의 휑뎅그렁한 방에 넘쳐 나는 행복 같은 것들을 찾아다니게 된다.

라디오에서 흘러나온 정말로 행복한 삶은 어느 날 겪는 멋지고 놀라운 일이 아닌 진주알을 하나하나 한 줄로 꿰어 진주목걸이를 만들 듯 소박하고 잔잔한 기쁨들이 조용히 엉켜지는 날들이라는 빨간 머리 앤의 말을 주워 담던 날, 사탕을 입에 문 듯 입술엔 단맛이 났다. 베어 든 달달한 맛 사이로 평온을 되찾는다.

작지만 따스한 세상의 호혜를 입은 것만으로도 '용기' 같은 게 불끈불끈한다. 조금만 손을 내밀면 사람들은 기꺼이 손을 잡아 준다는 세상에 대한 믿음 덕분에. 누구에게나 타인의 어려움을 그냥 지나치지 못하는 다정 본능 같은 게 숨어 있음을 알게 된 덕분에. 다정한 오지랖을 주머니에서 꺼내, 누군가의 두 손 위에 올려놓고 싶어진다. 손 위에는 저마다의 따스함, 우정이 가득 피어난다. 노란 불빛 같은 희망이 서서히 차오른다.

어떤 모습이든 살아가면서 좀 더 다정해야겠다고 생각했다. 눈빛, 손짓, 끄덕임, 짧은 인사, 길가에 핀 민들레꽃. 이 작고 별것 아닌 것들에 담긴 다정한 마음이 어둡고 외로운 길을 가는 누군가에게는 세상을 밝히는 가장 환한 가로등이 되니까.

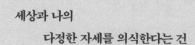

세상과 나의
　　다정한 자세를 의식한다는 건

삶의 풍경에
새로운 질서와 의미를
　　부여하는 일이다.

배우
김규리

01

영화 〈미인도〉, 드라마 〈그린 마더스 클럽〉 등 여러 작품에 출연하며 다양한 역할을 연기해 왔다. 최근 한국화를 그리는 화가로도 활동한다. 〈길〉, 〈쉼표〉, 〈NaA〉 등 개인전을 열며 그림으로 대중과의 소통을 잇고 있다. 영화 〈미인도〉를 통해 배우로서 새로운 막에 진입했음을, 다른 차원의 궤도에 올랐음을 보여주었다. 이 영화를 하며 운명처럼 '한국화'를 만났고, 배우로 그리고 화가로 자기 세계를 단단히 가꾸고 있다.

배우
김규리

'시'가 되는 삶의 순간

마음속 깊이 웃고 싶은 날엔 캄캄한 밤, 우수수 쏟아질 듯한 별들을 따라 별자리를 가늠한다. 마음 한편이 메마른 사막이 될 때, 수시로 불어 닥치는 모래바람에 형체가 모호해질 땐 어둠이 짙게 내리는 곳, 고요히 하늘을 올려다볼 수 있게 하는 곳, 외갓집 한옥 처마에 앉아 밤하늘을 올려다본다. 마루에 걸터앉아 별을 세다 보면 한바탕 폭풍이 휘몰아친 사막의 하늘에 달이 뜨고, 별이 빛을 드러내듯 모래에 뒤덮인 존재가 다시 윤곽을 드러낸다. 별 하나, 별 둘. 별을 잇다 완성된 별자리. 반짝이는 별자리를 나침반 삼아 어둠을 더듬으며 앞으로, 앞으로 나아간다.

고요하고 캄캄한 밤하늘을 바라볼 수 없는 날이면 일상의 작은 별자리를 더듬는다. 살랑 부는 바람을 맞으며 사뿐하게 산책하거나, 골목 귀퉁이에서 물끄러미 서 있는 고양이와 눈을 맞추고, 베란다에서 꿋꿋이 버텨 내는 선인장을 다듬는다. 단정한 셔츠를 꺼내 입고, 서걱서걱 연필심을 다듬고, 두

툼한 일기장을 꺼내 담고 싶은 이야기를 끄적이며 만드는 일상의 빛나는 별자리. 그렇게 일상 속 작은 기쁨을 나열하며 다시 자리를 되찾는다.

20여 년째 쓰는 일을 업으로 삼고 있다. 쓰는 동안 유난히 결핍과 빈곤으로 굶주릴 때가 있다. 이를테면, 내가 좋아하는 것과는 간격이 큰 '경쟁력, 승리, 생산성'의 언어가 가득한 자본을 대변하는 일에 몰입할 때, 타인이 정해 놓은 시간에 쫓겨 허덕이며 겨우 하루를 버텨 낼 때. 그런 작업을 하고 난 뒤에는 늘 혹독한 대가가 뒤따랐다. 소진되고 허기진 마음이 일상을 피로하게 했다.

피로감이 몰려올 땐 애써 일상으로 돌아오곤 했다. 가족을 위해 밥을 짓고, 베란다의 식물들을 돌보고, 창틈에 낀 먼지들을 닦아 내는 일들 말이다. 이렇게 되찾은 단정한 일상이 나를 다시 일으킨다. 일상의 숭고함을 깨닫게 한 작고 소중한 아이들과 부대끼며 천천히 조금씩 삶의 의미를 재배열해 나간다. 더 이상 나 자신을 소진시키는 일에 힘을 쏟지 않기로 했다. 버거운 일의 비중은 점점 줄여 가게 된다.

삶은 훨씬 단순 명료해진다. 현실에 맞닿은 글을 쓰고, 집안일을 하며, 틈틈이 책을 읽고, 만나고 싶은 사람들을 만나는 보통의 일상을 온전히 살아 내는 것으로 주어진 시간에 충실하고자 한다. 그러다 '이래도 되나' 싶은 불안과 초조가 닥칠 때면 노트북을 들고 나만의 안전한 동굴 속으로 들어간다. 묵직하던 감정은 자판 위 춤을 추는 손가락처럼 날아갈 듯 가벼워진다. 쓰고 싶은 글 안에서 조금씩 평온을 되찾는다. 다정, 우정, 일상, 안전, 기쁨. 일상 속 평온의 한가운데를 통과한 언어가 백지 위에 쏟아진다. 작은 일상이 순하고 무해한 낱말이 된다.

덕분에 일상의 어떤 작은 순간도 무의식적으로 지나치는 일이 없게 된다. 삶의 온기를 꾹꾹 연필로 눌러 담아 기억 속에 챙겨 두는 습관도 생겼다. 차곡차곡 쌓아둔 것들이 꿈틀거릴 때, 그 기억을 조금씩 꺼내 글 위에 펼쳐 놓는 다정한 의식이 나를 살아가게 한다. 익숙한 경험이든, 겪지 못한 생소한 이야기든 글을 쓰게 된 순간부터 그 모든 것이 생생하고 날 것의 '다정'과 '감동'으로 다가온다.

다정하고 온기 가득한 언어 안에서 이해하고 상상하는 일, 공감하고 마음을 여는 순간만큼 나의 존재를, 내가 살아있음을 만끽하게 하는 일은 없다는 것을 깨달으며 말이다. 그렇게 나직하게 읊조리게 된다. 일상 속 다정한 말들을 오려 내어 그 테두리에서 흘러나오는 따스한 온기를 오래 느끼고 싶다고 말이다.

충실히 교감하는 다정한 예술론

삶이라는 깊은 숲 아래 우거진 상념, 고됨의 한가운데는 기다림을 포기하지 않은 씨앗들이 고요히 움트고 있었다. 햇빛과 물과 공기가 땅의 경작을 돕듯, 흘러간 시간, 애태우던 어둠 속 몸부림, 화선지 위에 그려 낸 위태한 선, 관계의 어긋남, 단절, 헤어짐은 우리 삶에 퇴비를 주고 물을 뿌리는 일이었음을 깨닫게 된다.

흠 없이 완벽했던 날, 때론 형편없는 모양으로 겨우 살아 낸 하루, 다채롭게 흘러간 시간 사이로 한 폭의 그림, 아늑한 밥상, 나직한 인사, 맞잡은 손의 온기처럼 다정한 것들이 피어난다. 치열하게 애쓰며, 단단히 뿌리내린 삶 덕분이다. 씨앗이 움트고, 뻗은 뿌리 위로 피어오른 것들은 이야기가 된다. 그렇게 단단하고 다정한 삶이라는 한 폭의 그림이 우리 앞에 펼쳐진다.

김규리. 그녀 곁에 머무는 연기 그리고 그림은 곧 그녀의 삶이다. 아픔, 고됨, 상념, 환희가 삶이라는 화선지 위에 고스란히 배어 있다. 그녀만의 고유한 빛깔을 간직한 채. 삶이 던져 주는 그 피할 수 없는 체험에 충실하지 않았다면 그녀다운 연기도, 걸음도, 그림도 피어나지 않았을 것이다. 너그럽지 않던 지난 시간을 견뎌 낸 지금 그녀는 단단하고 다정한 품으로 삶과 연기와 그림을 이야기한다.

어쩌면 힘겨운 이 시대를 살아가는 우리에게 필요한 것은 자기 힘으로 창조해 내겠다는 의지와 충실하게 살아간 보통의 일상일지도 모른다. 그렇게 단단히 뿌리내리며 자립한 이들이 건네는 이야기야말로 가장 호소력 짙은 외침이 된다. 그녀의 그림 속에 가는 선들이 흔들림의 단어라면, 완성된 수묵화가 건넨 서사는 잘 영근 문장처럼 느껴졌다. 그녀가 왜 그림을 그렸는지 짐작할 수 있을 것 같았다. 그의 그림들은 지난 시간을 거쳐 깨지고, 다듬어져 더 영롱하게 빛나는 그녀와 아주 많이 닮아 있다.

"내가 두 다리를 땅에 단단히 붙이고 있는 게 제일 중요해요. 내가 즐겁지 않은데 누군가에게 즐거움을 줄 수 없고요, 내가 행복하지 않은데, 누군가에게 행복을 전할 수 없거든요"

그녀는 자기 보폭으로 오늘을 살아가는 사람이었다. 끊임없이 '왜'라는 질문을 던지며 가장 나다운 속도로 한 발짝 한 발짝 나아가고 있었다. 인터뷰 내내 그가 강조한 것은 '나의

방식으로 삶에 충실할 것'이다. 붓을 든 순간이나 카메라 앞
에 선 순간이나 그의 목표는 '충실함'이었다.

"우직하게 걸어가는 것, 안전하게 착지할 수 있도록 애쓰며
걸어가다 보면 저절로 주변 사람들에게 좋은 영향을 미치게
돼요"

그렇게 그녀는 충실함의 붓을 들고 삶의 화폭을 채색하고
있다. 예술가로, 배우로, 다정한 이웃으로, 애교 많은 막내딸
로 그려 낸 삶의 예술. 예술에는 삶을 버틸 수 있게 하는 힘
이 있다. 그녀는 예술에 기대 조금씩 삶을 열어 가고 있었다.
주어진 시간의 돌길을 힘껏 달려와 어느 중간쯤인 지금, 비
로소 진정한 자신과 마주한 그녀의 영롱한 시간 앞에 섰다.
　아끼는 것을 나누는 사람은 행복하다. 요즘 김규리는 자신
의 보물 상자를 활짝 열어 반짝이는 일상을 온 세상과 나눈
다. 그림을 그려 전시회를 열고, 맛난 먹거리를 요리해 사람
들을 초대한다. 길을 걷다 이웃과 시시콜콜 순한 인사를 주
고받고, 이름 모를 길냥이에게 말을 건넨다. 떡볶이 가게 아
주머니와 도란도란 수다 떨다 곁에 선 동네 아이들에게 떡볶
이 한 접시 쏘기도 한다.
　인터뷰를 통해 그녀에게 묻고 싶었다. 그림 속 고요하게
흐르는 선에 담긴 진심을, 삶과 예술의 경계선에서 홀로 건

는 기분을, 좋아하는 마음을 오래 지키는 법을, 어떤 순간에도 자신만의 보폭을 유지하는 법은 무엇인지 말이다.

한결 편안하고 진솔해진 그녀를 마주하고 싶던 날. 북촌한옥마을에 소담하게 자리 잡은 그의 작업실을 찾았다. 대문을 열자 '해우원'이라는 글자가 눈에 들어온다. '은혜가 비처럼 내리는 정원'이란 뜻으로, 건축가 승효상 교수가 그녀의 생일을 맞이해서 지어 준 호다. 소나무가 자라는 아늑한 마당을 지나 이와 맞닿아 있는 주방엔 창밖 풍경이 바로 펼쳐진다. 거실은 압도적으로 화려한 〈일월오봉도〉와 호랑이그림 등 배우의 작품으로 가득 찬 갤러리처럼 꾸며져 있다.

인터뷰는 손님을 맞이하는 다락처럼 높게 만든 누마루에서 이뤄졌다. 대화 내내 촘촘히 끼어든 창밖 세상의 정겨운 소음. 덕분에 친근하고 편안하던 그곳에서의 대화는 어스름한 저녁이 몰려올 때까지 이어졌다. 아끼는 그림과 연기, 자기를 살리는 반짝이는 일상, 세상과 교감하는 그녀만의 방식등 순하고 담백한 대화였다. 마주하며 서서히 피어나고 점점진해지는 한 존재가 앞에 앉아 있었다.

거실 가득한 그림을 보고 있으니, 고요하고 차분해져요. 대문을 연 순간 한옥에서 느껴지는 느낌과 닮은 듯하고요. 한국화는 어떻게 시작하게 되었나요?

한국화, 그러니까 더 자세히 말해서 붓, 먹, 한지를 처음 만난 건 조선시대 화가 신윤복의 이야기를 그린 영화 〈미인도〉에서 신윤복 역할을 맡으면서예요. 영화 촬영에 들어가기 전에 약 1개월 동안 한국화 수업을 들었어요. 그전까지 미술에 별다른 흥미가 없다가 한국화를 접한 후 점차 고요히 마음을 가다듬어 한 획 한 획 그려 가는 방식에 마음을 빼앗겼죠. 그렇게 만난 그림은 촬영 내내 친구였어요. 힘들 때 위안을 주는 존재가 되어 있더라고요.

한 달은 짧다면 짧은 시간일 텐데요. 그림이 내 안에서 존재감을 확장할 수 있던 건 어떤 점 때문일까요?

작품 촬영 내내 손에 붓을 들고 다니며 최선을 다했어요. 평생 붓을 잡고 살았던 신윤복을 연기하며 최대한 '붓'과 함께 있으려고 노력했거든요. 한 달 배운 그림을 단순히 '연기'로만 접근한다면 티가 날 테니, 주어진 시간에 사력을 다해 붓을 붙들었어요. 상황이 닿는 한 계속 그림을 그렸습니다. 촬영장에서는 대본 뒤에다, 비행기 안에서는 접힌 냅킨을 펼쳐서 그리는 식이었죠.

어떤 날은 날카롭게 포효하는 호랑이를 그렸고, 어떤 날은 폭포를 하염없이 바라보며 서 있는 소나무를 그렸습니다. 문득 뒤돌아보니 힘든 날에도, 즐거운 날에도 붓은 늘 제 옆에 있더라고요. 영화 촬영하다 보면 외로움이 불쑥 찾아오는데요. 그럴 때마다 붓과 그림에 의지해 앞으로 나아갔어요.

이젠 개인전을 여는 어엿한 화가로 활동하고 있습니다. 오랜 시간 멈추지 않고 그림을 지속하게 하는 힘은 무엇인가요?

〈미인도〉 촬영이 끝난 후에 '그림 그릴 때의 순간'이 자꾸 떠올랐어요. 가슴이 벅차오르며 짜릿하던 순간이요. 그렇게 그림이 내게 준 것들을 발견하자, 계속 그리고 싶어졌어요. 그림을 그리며 느꼈던 환희와 벅참의 순간을 떠올리면 다시 붓을 들게 돼요. 그림 안에서 무언가를 찾고 회복하는 과정이 좋아요.

만족이라는 답을 찾을 때까지 헤매기도 하고, 불안이 엄습할 때도 있지만 조금만 더, 조금만 더 하다가 답을 찾으면 그때까지 참은 시간이 폭발적인 에너지로 뒤바뀌죠. 창작과 삶에 강력한 동력이 돼요. 한국화이기에 지금까지 이어진 것일지도 몰라요. 한국화는 그리면 그릴수록 저와 참 잘 맞는다는 생각이 들거든요. 붓을 들고 종이 앞에 앉으면 내 존재에 안심하듯 편안해져요.

흔히 수묵화 하면 한지 위에 채워진 잔잔한 먹의 농담을 떠올린다. 장르적 편견이 뒤따르는 분야이기도 하다. 나이 지긋하고 고상한 취향을 지닌 사람만 좋아할 것 같다는 인상이 있지만, 그녀의 그림 앞에 서면 이런 고정관념을 내려놓게 된다. 때론 일기장처럼, 때론 사진처럼 그의 수묵화에는 다양한 감성이 흐른다. 뻔하지 않은 붓질로 생경한 감동을 전하는 그의 붓놀림처럼 그녀의 삶도 특별하고 평범했다.

한국화의 어떤 점이 자신과 맞는다고 느끼나요?

한국화는 한지를 활용하는데요. 한지는 물에 예민한 종이 거든요. 그래서 한지 위에서 먹과 물을 섞어서 농담을 표현할 때 신중함이 필요해요. 그 점이 참 매력적으로 다가왔어요. 사람이 불안하면 심장이 떨리잖아요. 그림을 그리다 보면 그 떨림이 한지에 고스란히 드러나요.

불안할 때 붓을 잡으면 선 하나를 제대로 이어 가질 못해요. 지금 진짜 내 마음을 확인할 수 있게 되죠. 덧칠이나 수정이 쉽지 않은 한국화의 특성상 마음을 비우고 집중하지 않으면 바로 그림을 망치게 되거든요. 그래서 예쁜 그림을 그리려면 마음을 잘 잡는 수밖에 없어요. 그런 엄격함이 잡념을 덜어 주고 단단한 나를 만들어요.

그림을 그리는 일이 '나를 발견해 나가는 과정'이라니, 더욱 궁금해지네요.

그림을 그릴 당시엔 잘 몰라요. 시간이 지나 발견하게 되는 것이 있죠. 예를 들면, 이런 거예요. 전 분명 예뻐서 그렸는데 나중에 들여다보면 나무는 앙상하고, 폭포는 메말라 있어요. 당시엔 인지하지 못했는데 그림을 통해 그때의 진짜나를 발견하게 되는 거죠. '아 이때 난 힘들고 아팠구나'라고요. 적어도 그림 앞에서만큼은 솔직해지려고 해요.

어떤 의도나 목적 없이 하고 싶은 대로, 솔직하게 그려야 진짜 나와 마주하는 시간이 선물처럼 찾아오거든요. 저는 이런 점에서 더 많은 사람이 그림을 그렸으면 좋겠어요. 현대인 누구나 마음의 병 하나쯤은 안고 살아가잖아요. 그 마음의 병이라는 게 표현하지 못해서 그렇거든요. 힘들고, 아플 때 제대로 표현하지 못하니 '마음의 병'은 깊어져요. 그림은 그런 마음을 표현하는 좋은 수단이 된다고 봐요.

피어날 것들은 언젠가는 피어나는 법. 겨울의 차가운 빛 속에서도 자신을 지켜 나가는 법을 잊지 않으려 하던 그녀의 애쓰는 마음은 대화가 멈춘 잠깐의 고요 안에 머물곤 했다. 자갈 비탈 같은 날에도, 돌 틈새 같은 비좁은 날에도, 어떤 눈길조차 닿지 않은 외로운 날에도 그녀는 붓을 놓지 않았다고 했다. 삶이 지독할수록, 스스로 지독할수록 더 지독하게 그림을 그렸다.

화가로 활동한 후에 어떤 점이 달라졌나요?

연기할 때는 불안함이 늘 따라다녀요. 예를 들어 작품의 배역을 선택받기 전까지는 주체적이지 못하죠. 하지만 그림은 붓만 들면 제가 주인이 돼요. 언제든지 내가 하고 싶은 대로 하면 되죠. 그동안 저를 보여 줄 기회에 목말랐다면 그림을 통해 그 기회를 만들 수 있던 것 같아요. 덕분에 제 인생이 건강해지고, 풍성해졌다고 할까요.

저는 생각이 많은 편인데요. 그 생각은 시간이 지나면 공중으로 흩어져 허무함만 남아요. 생각이 생각을 낳고 그러다 나쁜 생각이 길을 트면 몸이 상할 때까지 하게 되고요. 이젠 생각이 많아지는 날엔 그림을 그려요. 붓을 들고 나면 허무함 대신에 작품이 남더군요.

'그림'에 대해 이야기할 때마다 얼굴이 환해져요. 표정으로 그린 진심을 마주하니 덩달아 밝아지네요.

고마워요. 언제부턴가 사람들에게 좋은 영향력을 끼치며 살고 싶다고 생각하게 됐는데요. 중요한 건 스스로 두 다리로 똑바로 서 있고, 힘의 여분이 남아 있을 때 누군가에게 어깨를 내어 줄 수 있더라고요. 그 안에서 선한 영향력이 흐르죠. 내가 즐겁지 않은데, 누군가에게 즐거움을 줄 수 없고요. 내가 행복하지 않은데, 누군가에게 행복을 전할 수는 없으니까요.

그런 의미에서 그림은 저를 좋은 사람이 되게 해요. 그렇게 그림에, 연기에 좋은 기운이 담길 수 있도록 조심조심 일상을 살아요. 그 좋은 기운이 사람들에게 전해졌으면 좋겠다는 마음으로요.

'나'로 바로 서 있을 때 누군가에게 어깨를 내어 줄 수 있다는 이야기에 공감하게 되네요. 누구나 각자 방식으로 자기 삶을 나답게 가꿔 가려고 노력하죠. 김규리의 방식은 무엇인가요?

저는 평소 열심히, 치열하게 살아가려고 노력하는 편인데요. 굳이 거창한 무언가를 하지 않아도 자신에게 주어진 인생을 묵묵히 우직하게 걸어가는 것만으로도 충분히 바로 설 수 있다고 생각해요. 그림을 그리고, 주어진 배역을 성실히 소화하고, 화단을 가꾸고, 건강한 음식을 먹고, 걷다 마주친 이웃과 인사 나누고요.

주어진 평범한 일상에 충실하게 걸음 하는 것 자체로도 나는 단단해지고, 그런 나로부터 비롯된 영향력은 선하게 흘러간다는 원리를 믿어요. 삶이라는 우주에 안전하게 착지할 수 있도록 애쓰며 뚜벅뚜벅 걷는 일만으로도 나를 넘어 주변으로 그 힘과 에너지는 퍼져 간다고 생각하거든요.

그녀에게 그림이란 새하얀 화선지 위로 붓과 먹을 도구 삼아 자신과 대화하며 내면에서 일어나는 일을 펼쳐 내는 일이다. 그렇게 스스로를 돌아보는 일기장이자, '나'를 다독이는 하나의 방식이었다. 그를 바로 세우던 그림은 그녀에게 또 다른 '기회'를 만들어 주기도 했다.

2022년 김규리는 초등 자녀를 둔 엄마들의 비밀과 경쟁, 연대를 그린 JTBC 수목드라마 〈그린마더스클럽〉에서 자기만의 방식으로 아이를 교육하는 서진하와 그와 겉모습이 똑 닮은 프랑스 교포 레아를 연기했다. 극 중에서 태피스트리 작가인 진하는 고통을 예술로 승화하는 캐릭터로, 같은 예술가라는 점에서 캐스팅된 게 아닌가 짐작한다고 한 인터뷰에서 밝힌 바 있다. 이 역을 맡기 전 개인 전시회에서 감독으로부터 캐스팅 제의받기도 했다.

연기할 때는 어떤 스타일인가요?

저는 배움이 늦는 편인데요. 연기할 때도 마찬가지예요. 순발력 좋은 배우들이 있지만, 저는 치열하게 오랜 시간 공들여 시간을 쌓으며 성장하는 스타일이죠. 주어진 배역을 심장에 넣다 뺐다 넣다 뺐다 반복하며 오롯이 내 것이 될 때까지 반복하고 치열하게 훈련하는 편입니다.

작품과 배역을 고르는 기준이 있나요?

하고 싶은 역할을 따라가기보다 주어진 역할에 충실하려고 노력하는 편이에요. 연기자로 카메라 앞에 설 때는 내가 중요하지 않아요. 나를 내려놓고, 깨끗이 비운 상태에서 주어진 역할에 몰입합니다. 악역, 착한 역, 거친 역 가릴 것 없이 맡은 역할을 충실히 연기하려고 노력했어요. 빈 컵에 비유해 볼까요. 커피를 담으면 커피잔이 되고, 물을 담으면 물컵이 되는 것처럼 카메라 앞에선 철저히 빈 잔이 되는 거죠.

'나'를 비우고 내려놓으며 역할에 몰입하는 방식은 계단에 오르는 것에 비유할 수 있어요. 한쪽 발을 떼야 다음 계단을 밟을 수 있는 것처럼, 내가 지금 지닌 것을 내려놓아야 다음 계단에 올라갈 수 있잖아요. 이전의 걸음을 떼야 다음 걸음을 디딜 수 있는 것처럼. 때론 한 번에 한 계단씩, 여력이 안 되면 반 계단만 올라가고, 힘에 부칠 땐 두 발을 올려놓고 잠시 쉬었다가 다시 올라가기도 하고요.

배우라는 직업의 특성상, '대중의 시선'으로부터 자유로울 수 없잖아요. 특히 여배우에 대한 편견도 있고요. 그런 점들은 의식하는 편인가요?

세상엔 참 다양한 사람이 존재하죠. 많은 사람의 관점과 생각을 모두 알 순 없다고 봐요. 그래서 저는 사람들의 인식을 바꾸려거나, 의식하기보다는 여배우가 아닌 저 자신 김규리로 있는 그대로 살아가려고 노력해요. 세상의 편견이 있을지라도 그것을 받아들이느냐 아니냐를 결정하는 주체는 결국 '나'라는 거죠. 저는 사회생활 하면서 '여자이기 때문에'라는 혜택을 바란 적 한 번도 없고요. 저뿐 아니라 대부분의 여성이 다 그럴 거예요. '나' 자체로 우직하게 자기 길을 걸어가면 될 것 같아요. 그럴 때 자기 삶이 더 당당해진다고 생각해요.

때론 쾌활하고, 때론 진지하게 소신을 펼쳐 내는 그녀가 말하는 방식이 인터뷰 내내 인상적이었다. 치열하게, 애쓰며 자기 필모그래피를 공들여 설계해 온 그녀의 말 사이사이에서 그가 살아온 주체적이고 다양한 삶의 무늬가 보였다. 강하고, 진하고, 진취적인 모습뿐 아니라 일상의 소소한 기쁨 안에서 가치를 발견하고, 작고 미약하지만, 소중한 것들을 애쓰며 지켜 내고, 흔들리고 고단하지만, 끝까지 견뎌 내는 모습까지. 그녀가 건네는 또 한 세계 앞에서 동시대 여성이 지닌 더욱더 풍성한 이야기를 마주한다.

동시대를 살아가는 여성과 나누고 싶은 말이 있을까요?

저는 늘 치열했어요. 왜 그런지 모르겠지만 그렇게 해야만 속이 편하거든요. 타고난 기질인가 봐요. 뒤돌아보면 그런 삶의 방식을 즐겼어요. 치열하게 산다는 것은 삶이라는 무대에서 신명 나게 놀듯 최선을 다해 즐긴다는 걸 의미해요. 자기 삶을 '자기 힘으로 창조해 내겠다는 의지'가 담겨 있죠. 그렇게 여성이 내 삶에 치열하게, 신명 나게 주체성을 지녔으면 좋겠어요.

주체적으로 살아간다는 건 어떤 의미인가요?

저도 어떻게 살아야 하고, 뭐를 해야 하는지 몰랐어요. 하지만 매 순간을 치열하게 살다 보니 스스로 방법을 찾은 거

죠. 행복은 누군가가 대신해 줄 수 없잖아요. 남이 하면 따라
하고, 타인에게 박수받는 그런 일을 선택하는 게 아니라 스
스로 뿌듯하게 여길 수 있는 일을 선택하고, 그 선택에 진실
하게 노력하는 방식이요. 지금, 이 순간 오롯이 나 자신에게
진실한 선택을 하며 살아가는 게 주체적인 삶의 방식이라고
봐요.

자기만의 보폭을 지켜 가는 모습에서 자유로움이 읽혀요.

뭐든 늦게 배우는 편이어서 그래요. 남들보다 알아듣는 속
도도 느리죠. 그러다 보니 세상의 속도에 맞춰 가기보다 저
만의 보폭으로 걸어가게 되었어요. 이러한 삶의 방식은 매번
세상이 강요하는 것들에 대해 '왜'라는 질문을 품게 해요. 내
안에 쌓이는 질문을 관찰하고, 스스로 답을 찾아가는 방식을
취하죠. 그림도 느리고 더디 알아 갔어요. 덕분에 무언가를
쌓고 응축할 시간이 있었죠. 그 에너지를 그림으로 증폭시킬
수 있었고요. 잘 모르니까 겁이 없고, 배운 게 없으니 어떤 틀
에 갇혀 있지도 않아요. 마음 가는 대로, 손이 가는 대로 그림
을 그리고요. 느린 덕분에 자유로울 수 있었고, 남들이 가지
않는 길, 해 보지 않은 다양한 방식을 시도해 보았어요.

살아가면서 닮고 싶은 삶의 태도를 지닌 여성의 모습이 있나요?

엄마예요. 저 25살 때 돌아가셨는데 지금도 가끔 '엄마가

그래서 그때 그랬구나'라고 깨달을 때가 있어요. 여전히 제게 큰 가르침을 주는 존재죠. 나이가 들고 영글어야지 깨닫는 게 있잖아요. 엄마가 삶으로 가르쳐 준 것들을 지금 깨달아 가고 있어요. 엄마의 발자취 하나하나가 '지혜'였어요.

새벽 3시가 되면 집에 어김없이 갓 지은 밥 냄새가 달콤하게 나곤 했는데요. 왜 새벽 3시였을까 생각해 보면 기도하셨던 모양이에요. 새벽 예불이 보통 새벽 3시에 시작하거든요. 새벽에 짓던 엄마의 정성스러운 집밥처럼 무언가를 정성스럽게 가꾸고 다듬는 일만큼 숭고한 게 있을까 싶어요. 당연하게 생각하던 것 중에 소중한 게 많아요. 살면서 더 많이 감각하고, 감사하며 살아야겠다고 생각해요.

매일매일 정성 가득한 엄마의 집밥은 어느새 마흔이 훌쩍 넘은 어른을 뚝딱 키워 냈다. 나도 그녀도 그렇게 어른이 되었다. 새벽 3시. 솔솔 나는 고소한 밥 냄새가 알려준 건 '삶의 태도'라고 김규리는 말한다. 삶에 대한 소박하지만 성실한 자세다. 엄마의 정성 가득한 집밥이 알려준 '성실함'으로 오늘을 살아보자며 우린 두 손을 맞잡았다. 저 멀리 흐릿한 것을 잡으려 애쓰지 말고, 눈앞에 또렷이 놓인 것을 충분히 누리자며, 오늘을 살아가는 아름다움에 두 눈 반짝이며 이야기했다. 우리 사이에 오가던 진심이 누군가에게 전해지길 바라며, 오늘도 밥상에 올릴 나물 이파리를 하나하나 다듬듯 일상을 짓는다. 고소한 밥 냄새로 허기진 마음의 행간을 야무지게 메워 나간다.

문득 어릴 땐 어떤 모습이었을지 궁금해지네요.

어릴 적에 친구들과의 관계로 놓고 본다면 물과 기름 같은 존재였어요. 옆에 있으면서도 온전히 어울리지 못하는 사람이었죠. 이런 '거리감'이 관찰하게 하고, 질문하게 했어요. 어릴 적 누구나 느끼는 세상에 대한 두려움과 낯섦에 민감하게 반응하는 편이다 보니 궁금함이 항상 따라다녔고요. 덕분에 세상을 향한 '왜'라는 질문과 답을 찾는 과정이 곧 제 삶이 된 듯해요.

지금은 쾌활하고 명랑한 모습이 더 많이 보여요.

사실 제 안엔 소극적이고 내성적인 면이 크게 자리하고 있어요. 친구들 앞에서 발표하는 걸 너무나 어려워하는 그런 아이였어요. 그래서 지금도 대본 리딩할 때 굉장히 떨어요. 덕분에 늘 머릿속에서 이런 모습을 동경하게 되더군요. 빛나는 사람, 단단하게 말하는 사람, 많은 사람에게 사랑받는 사람의 모습이요.

늘 그런 모습을 상상하곤 했는데 어느 날, 정신을 차려 보니 제가 그 자리에 서 있더라고요. 상상하는 힘은 이런 쓸모가 있어요. 뭔가 보이지 않는 것에 대한 기대감, 의욕, 희망

같은 것을 부추겨요. 도달할 수 없을 것 같은 자리에 서 있게
도 하고요. (웃음)

이야기를 듣다 보니 삶에 대한 긍정적 자세가 돋보여요. 삶의 긍정성을 회복하기 위한 노하우가 있을까요?

우린 모두 자기만의 방식으로 숨을 쉬면서 살아가지만, 삶
이 어떤 방향으로 흘러가는지 가만히 들여다볼 필요가 있어
요. 살려고 살아가는 사람과 죽으려고 살아가는 사람은 달라
요. 저도 한동안 죽도록, 몸이 상하도록 생각하고, 고민하고,
고통스러워했어요. 처음 연기할 때만 해도 스스로 벼랑 끝에
몰아넣곤 했거든요. 연기 좋다는 평을 받았지만, 저는 점점
소진되어 갔죠.

시간이 흐른 후에 매 순간 '살기 위한 선택'을 해야 한다
는 것을 깨달았어요. 내 몸을 아끼고, 긍정적으로 생각하고,
필요할 때는 적절히 휴식을 취하고요. 예를 들어, 치열하게
일한 날엔 적절한 보상과 다독임으로 삶의 균형을 찾고요.
지금 이곳, '한옥'에서의 생활을 시작한 것도 그런 의미를 담
고 있어요. 나를 살리는 선택인 거죠.

미디어에 소개된 북촌 작업실 보고 정말 부러웠어요. 한옥에서 주로 무엇을 하는지 궁금해요.

개인 작업실을 갖추고 싶었는데, 집에서 일도 하고 휴식도

취할 수 있는 주택 형태가 뭐가 있을까 생각해 보니 한옥이 떠올랐어요. 작은 마당에 꽃도 심고, 비가 오면 마루 끝에서 똑똑 떨어지는 빗물 소리도 듣고 싶었죠. 그림도 그리고, 새 소리도 듣고, 식물을 돌보며 일상을 찾아가고 있어요. 새소리를 들으며 일어나는 아침이 그렇게 행복할 수 없더라고요.

'한옥'이라는 색다른 공간은 삶에 여유를 줘요. 창문을 열어 햇볕을 쬐고, 바람을 맞으며, 하루가 그리고 계절이 어떻게 바뀌는지 눈으로 감각하며 살아요. 대문을 열어 동네 사람과 세상과 소통하고요. 이런 삶의 방식은 깊고 고른 숨을 쉬게 해요. 평범한 일상성의 회복이 나를 살리는 길이라는 걸 알게 됐어요. 저를 살게 하고, 그림을 차분히 그릴 수 있게 하는 원동력입니다.

일상을 정성스럽게 가꿔 가는 데서 삶의 위대함은 시작된다. 평범한 일상에서 기쁨을 누리는 그만의 방식은 그늘진 마당에 핀 꽃을 보듯 다행스럽고 대견하다. 그녀는 명랑하고 쾌활하게 외친다. '일상의 소소한 기쁨에 모험을 걸자'고.

세상은 더 크고 자극적인 방식으로 감각적 쾌락을 강요한다. 덕분에 더 자주 불안하고, 매일 흔들린다. 하지만 그녀가 말한 진정한 기쁨은 감각적이고 쾌락적인 환경에 기대지 않고 안정적으로 누릴 수 있는 일상의 기쁨을 말한다. 통제할 수 없는 외부의 자극이 아닌 주체적으로 찾아가는 내 안에서 누리는 기쁨. 이것이야말로 진정한 평안을 이끈다. 이를테면 일상에서 지저귀는 새소리를 들으면서 내뱉는 몇 번의 호흡, 산책길 이웃과 나눈 다정한 대화, 스스로 옳다고 믿는 일을 하는 즐거움, 나의 부족함조차 인정하고 받아들이는 관대함에서 오는 기쁨 같은 것들 말이다.

이렇게 밖이 아닌 내 안에서부터 비롯된 기쁨이 가득 찰수록 세상의 시선은 중요치 않게 된다. 인정, 소유, 성공으로부터 자유로워진다. 삶에 안전한 '기쁨'의 효소를 더하고 싶다면 일상 속 가장 편안한 내 자리를 찾자. 그 자리에 앉아 몇 번 심호흡해 보자. 이것만으로도 삶은 기쁨으로 풍성하게 부풀어 오른다.

미래의 자기 뒷모습을 상상해 본 적 있나요?

한국 전통문화의 가치를 저만의 방식으로 알리고 싶은 바람이 있어요. 우연히 하얀 머리의 청바지 입은 여성이 나무에 무언가를 그리고 있는 모습을 봤는데 그게 우리나라 고건축에 있는 단청이더라고요. 단청은 나무를 비바람과 병충해로부터 보호하는 칠공사를 말해요. 연기자이다 보니 종종 영상으로 상상하며 장면을 기록해 두는 편인데요. 어떻게 하면 멋있게 나이들 수 있을까를 생각하면 그 장면이 떠올라요.

누군가는 단청을 계속 보수하고 복원해야 하잖아요. 그걸 우리나라 여배우가 한다면 어떨까, 라는 생각과 함께요. 아무래도 사람들이 우리 문화재에 더 관심을 두고, 다시 한번 더 생각해 볼 수 있을지도 모른다는 생각에 이르면 상상만으로도 뿌듯해져요.

한국화를 그리는 시간이 늘수록 좋아하고 사랑하는 마음의 깊이는 더욱 깊어진다. 사랑하는 마음은 시간 안에서 쌓이고 부풀어 올라 더 큰 꿈을 꾸게 한다.

한국화를 비롯해 우리 것을 지키고 알리려는 의지가 돋보이네요.

네. 한국화를 그리고 사유하면서 계속 한 곳을 바라보게 돼요. '한국 전통'이 지닌 가치를 전하고 계승하고 싶다는 생각을 품게 되었어요. 우리 문화 안에는 한 우주가 담겨 있어요. 우리의 뿌리이기도 하고요. 우리 삶과도 연결되어 있을 뿐 아니라 영혼, 정신, 철학이 모두 그 안에 있잖아요.

그래서 마땅히 지켜내야 하는 거라고 생각해요. 전통문화의 계승과 발전을 위해 미력하나마 일조해 새로운 길을 제시하고 싶다는 꿈이 생겼어요. 배우로 꾸준한 작품 활동은 물론 그림을 그리는 사람으로 우리의 전통이 동시대에 여전히 유효할 수 있는 방법을 찾고자 합니다.

앞으로의 계획이 있다면요.

그림은 매일 성실하게 그릴 거고요. 전시 계획도 갖고 있습니다. 연기는 현재 다음 작품을 고르는 중입니다.

마지막으로 가장 지키고 싶은 모습은 무엇인가요.

저는 없어요. 지킨다는 건 가진 게 있다는 건데, 전 가진 것도 없을뿐더러 가지고 있는 것도 진짜 소유한 게 아니라고 생각해요. 저는 지금껏 완벽해지고 싶었거든요. 누군가의 완벽한 모습을 보면 전율을 느끼곤 했어요. 그런데 지금은 뭔가 부족한 모습을 보면 오히려 마음이 움직여요.

눈으로는 완벽한 것을 좇지만 심장은 부족한 모습을 봤을 때 뛰어요. 완벽과 부족을 넘어서 그냥 사람이 사람 같으면 되는 거라고 생각하니, 인생이 편해지더군요. 앞만 보고 우직하게 걸어갈 뿐이에요. 제가 꿈꾸는 뒷모습을 갖게 될 때까지 연기하고, 그림 그리며 뚜벅뚜벅 걸어갈 거예요.

인터뷰 내내 그림으로, 연기로, 삶으로 공감하고 교감하는 그녀의 진심은 다정함에 맞닿아 있었다. 누군가에게 가치 있는 무언가를 건네고 싶은 무해한 마음은 세상에서 가장 '친밀한 예술'로 나아간다. '예술은 나로부터 시작해 누군가와 소통하고 유대를 형성할 수 있다는 점에서 다정함을 전달하는 완성된 장르가 아닐까'라는 생각에 이르렀다.

대문 앞에, 골목길 안에, 노점에 뒹구는 일상적인 예술. 무대 위 화려함을 뒤로한 채 김규리는 일상적이고 보편적인 조각들을 엮고 배열하여 연기로, 그림으로 나아간다. 이것이 그가 건넨 다정한 예술론이다.

다정함은 작은 존재에 관심 두는 것

   2시간 남짓한 대화에서 김규리는 한결같이 '친절'했다. 대화 중 상대의 표정을 살핀 후에 스스로 만족스럽지 못한 이야기에 대해서는 친절하게 예시를 덧붙이곤 했다. '예를 들면 이런 거예요', '말하자면 이런 거죠'라며 구체적인 사례를 제시하고 자세한 설명을 사이사이 덧붙였다.

   덕분에 전달된 말의 의도는 더욱 선명하고 명료했다. 사소한 말 습관에도 드러나듯 김규리의 소신은 '다정'과 '친절'로 향한다. 어쩌면 소소한 일상의 순간을 빛나게 하는 건 대단한 능력이 아닌 다정함이라는 용기가 아닐까. 인생에서 '소신'을 따라 사는 것만큼이나 용기가 필요한 게 없을 테니.

   소신이 필요한 때는 인생에서 중차대한 순간만이 아니다. 일상의 사소한 틈 사이에서도 소신과 용기는 필요하고, 발휘될 수 있다. 상대의 표정을 살피는 것, 자신보다 약한 존재에 관심을 기울이는 것, 작고 소소한 것에도 감사한 것, 누구에게나 친절할 것 등도 그의 소신 안에 포함돼 있다.

그의 말투에서 묻어난 조곤조곤한 다정함과 친절함을 떠올리던 차에 소설가 올가 토카르추크의 다정함에 대한 명쾌한 정의를 만났다. 토카르추크는《다정한 서술자》에서 다른 존재, 그들의 연약함과 고유한 특성 그리고 고통이나 시간의 흐름에 대한 나약한 속성에 대해 정서적으로 깊은 관심을 표명하는 것이 다정함이라고 정의했다.

"저는 지금껏 완벽해지고 싶었거든요. 누군가의 완벽한 모습을 보면 전율을 느끼곤 했어요. 그런데 지금은 뭔가 부족한 모습을 보면 오히려 마음이 움직여요"라고.

김규리는 부족해도 지금 그대로 충분하다고 말한다. 전에는 내 주머니가 비어 있다는 걸 들키고 싶지 않았는데, 이제는 빈 주머니를 보여 줘도 아무렇지 않다고 했다. 가득 찬 주머니를 가졌든, 빈 주머니를 가졌든 우린 모두 삶이라는 그 라운드에서 자기만의 방식으로 치열하게 살아가는 것이기 때문이다. 힘겨운 싸움을 하는 모두에게 좀 더 다정하고, 친절해질 필요가 있다.

그래서 기대된다. 살아오면서 쌓인 재료가 연기와 그림의 바탕이 된다면 다정함의 소신과 친절함의 용기, 예술을 향한 열정, 일상의 안정 등 그녀 안에 담긴 삶의 방식은 분명 좋은 모습이기 때문이다.

가장 궁금할 물음은 왜 헤어지고 나서야 알아차리게 되는 것일까. 인터뷰를 정리하며 떠올랐다. 그래서 규리 씨, 지금 당신은 행복한가요? 불쑥 솟아난 질문을 다시 꿀꺽 삼켰다. 굳이 설명하지 않아도 그녀의 연기와 그림에서 확인할 수 있는 답변 하나쯤은 남겨 두자고.

마주함 사이로
　　　서서히 피어나고

점점 진해지는
한 존재가
　　앞에 앉아 있었다.

기자
김지수

02

'더 나은 언어', '화해의 언어'를 꿈꾸는 사람. 질문하고 경청하고 기록하며 23년째 기자의 자리에 있다. 패션지 〈마리끌레르〉와 〈보그〉 에디터, 조선일보 디지털 편집국에서 문화부장을 맡았다. 현재는 인터뷰 전문 작가로, 마인드 커넥터로 활동한다. 인터뷰 칼럼 〈김지수의 인터스텔라〉를 연재한다. 지은 책으로 인터뷰집 《위대한 대화》, 《이어령의 마지막 수업》, 《자기 인생의 철학자들》, 《일터의 문장들》, 《자존가들》, 《나를 힘껏 끌어안았다》, 《도시의 사생활》, 《아프지 않은 날이 더 많을 거야》, 《괜찮아 시 읽어줄게》 등이 있다.

기자
김지수

매일 새벽이면 대하는 온전한 존재

창밖에 흔들리는 나뭇잎, 은은한 향, 사각거리는 연필, 책장의 바스락거림, 희미하게 밝아 오는 빛. 이른 새벽의 풍경을 좋아한다. 희미하게 밝아 오는 빛을 맞으며 머리에 떠오르는 날것 그대로의 생각을 종이 위에 쓰고 다듬는 일을 즐긴다는 표현이 더 정확할지도 모르겠다. 가슴 깊은 곳에 담긴 이야기, 생각, 감정이 종이 위에 기록된 날엔 더없이 가볍고 홀가분해진다. 자음과 모음, 단어와 문장, 쉼표와 물음표가 어우러져 기울어진 나를 바로 세운다.

새벽이 없었다면 감추어 덮어 놓고 싶던 것들은 여전히 그림자처럼 따라다녔을 것이다. 불안, 잃어버린 이름, 혼란, 부조리함, 결핍을 옆에 둔 채 자주 울고, 어둡게 찡그렸을지도 모를 일이다. 그러나 새벽의 시간은 어둠으로 치부하던 게 밝음으로 나아가는 과정임을, 당혹스러운 불안은 오히려 나를 채운 동력이었음을 깨닫게 했다. 동틀 무렵 어둠이 가장 짙어지듯, 쓰는 마음이 가장 뜨거워질 무렵 가장 불안하다. 불안과 혼란을 벗어나 지금 주어진 새벽이라는 시공간에 온 마음을 다해 머무른다.

새벽을 시작할 때는 커피를 내린다. 한두 모금 마시다 젖어 드는 긴장감이 반갑다. 어깨에 살짝 힘이 실리는 순간, 키보드를 두드리던 팔과 손의 근육 사이로 묵혀 둔 이야기가 슬쩍 지나간다. 글 앞에서 조급한 마음이 다가올 땐 터무니없이 한가하게 차를 우린다. 뜨거운 찻잔을 들어서 적당한 온도에 이를 때까지 훗훗 불며 기다린다. 쌉싸름한 향과 묵직한 온기는 다급해진 속을 살살 달래기에 적격이다. 이내 조급한 마음도 덩달아 차분해진다. 숨겨 놓았던 솔직한 진심 하나 겨우 건져 낸다. 커피와 차에 젖은 채 지나가는 새벽 풍경을 대한다. 시끄럽지 않아서 좋다. 따뜻하고 포근하다.

작가라면 사소한 창작 습관쯤 갖곤 한다. 때론 누군가 혹은 무언가와 접촉해 신비로운 과정을 시작하는 방법이 나름대로 있다. 창문에 스며든 햇빛 같은 것이 그런 누군가나 무언가일 것이다. 새벽 5시에 일어나 커피를 끓이고 햇살이 창문에 스미는 걸 지켜보며 글을 썼던 소설가 토니 모리슨처럼 차분한 새벽 풍경이 가능해진 건 작은 아이의 백일, 아이가 통잠(밤새 한 번도 깨지 않고 자는 잠)을 자기 시작할 무렵, 이른 아침 책을 읽고 글을 쓰며 혼자의 시간을 경험하고 나면 그날 하루는 힐렁하던 자세가 바르고 단정해진다. 뾰족하던 마음은 둥글어진다. 가까스로 차분함을 되찾는다.

치마만다 응고지 아다치에는 《엄마는 페미니스트》에서 엄마만이 아닌 충만한 사람으로 남는 것을 위해서, 자신을 위해서 시간을 가지라고 했다. 그녀의 조언을 메모하고 수집하던 하루, 용기 내어 펼친 작은 책의 말에 의지하여 일상을 다듬고 정돈하며 나아간다. 쓰다 멈춘 그곳엔 삶의 긍정이 도사리고 있다. 쓰면서 회복하고, 쓰면서 나아간다. 단어와 단어 사이, 모호하던 감정이 실체를 드러내자, 용기 내어 한 발짝 나아갈 힘을 얻는다. 가끔 우울감과 복잡한 생각이 뒤엉켜 뭘 써도 마음이 실리지 않을 땐 있는 그대로 쓴다. 쓴다기보다 쏟아 낸다는 표현이 더 적절한 행위. 어쩌면 예술은 근본적으로 그 '쏟아 냄'에서 시작되는 것일지도 모른다.

예술가이자 시인, 페미니스트인 화가 루치타 우르타도의 그림을 자주 찾아보게 된 건 차분히 자기 삶을 산 예술가의 흔치 않은 흔적 때문이다. 그가 영향력 있는 아티스트로 이름을 알린 건 활동한 지 70년 만인 90세에 접어들면서부터다. 이전까지 유명 작가의 전 부인, 두 아이의 어머니라는 단단한 틀 안에서 세상 밖으로 드러나지 않기를 원했다. 그에게 예술은 단지 살아가는 삶일 뿐이었다. '화가'라는 이름 없이도 그는 모두 잠든 밤 홀로 차분히 작품을 그려 왔다. 누군가의 아내 아닌 자기 이름으로 주목받는 것에 어떤 의미를 두지 않는다는 그는 자신의 예술관을 표현할 수 있음이 행복할 뿐이라고 했다. 그림을 그리며 자기 세계를 견고히 지켜

간 화가의 모습이다. 아내와 엄마의 자리에서 삶으로 예술을 꽃피운 그의 열정과 현실을 인정하고 그 안에서 예술을 펼친 충실함에서 살아가는 차분한 힘을 느낀다.

그런 화가를 생각하며 때로 아름답다가, 씁쓸하고, 또는 시시하고, 어쩌면 미미하거나 데데함이 맞붙어 써 내려간 한 줄의 기록은 슬며시 다가와 말한다. 주어진 이 순간을 조용하고 차분히 살아가면 되는 거라고. 새벽이라는 독특한 시공간 속에서 흩뿌려진 언어는 어느새 각각 고유한 색을 되찾았다. 캄캄한 밤 화가의 붓놀림처럼 백지 위에 펜으로 사각사각 힘주어 쓴다.

지나친 삶의 사소함을 꺼내고 책장에 꽂아 둔 사전을 펼쳐 후루룩 낱말을 살핀다. 자기 삶을 촘촘히 수놓은 보통의 일들이 그 삶의 예술이었음을 깨닫는 순간, 담아 둔 단어가 자연스럽게 재배열된다. 표현할 수 없어 덩어리째 뭉쳐 있던 이야기가 제자리를 찾는다. 삶은 훨씬 명료해진다. 박완서, 버지니아 울프, 아스트리드 린드그렌. 모두 잠든 새벽 차분히 자기 글을 써 내려간 여성 작가들의 열망을 꺼내 든다. 매일 새벽, 온전한 존재가 되어 간다.

듣기라는 다정한 행위

한여름의 정중앙. 내딛는 걸음, 발길이 닿는 곳곳엔 열기가 수북하게 걸쳐져 있었다. 땀이 흥건했고, 두 볼은 금세 발그레해졌다. 걸음을 재촉해 예정 시간보다 조금 일찍 약속 장소에 도착했다. 조용한 카페 2층, 구석진 자리에 가방을 내려놓고 가져온 그의 책을 펼쳐 놓았다. 차곡차곡, 차곡차곡.

얼마 후 들려오는 발걸음 소리. 꼭 무언가를 빈틈없이 쌓는 듯 촘촘하고 빼곡한 느낌의 소리 하나만으로도 온갖 물음이 솟아났다. 김지수. 그녀는 테이블 맞은편 자리에서 가끔은 꼿꼿이 허리를 세우며 초인적 진지함으로, 때로는 순수한 눈빛과 천진한 웃음으로 극과 극 도달 불능의 지점을 드러내곤 했다.

편견 없음, 관찰자적 시선, 화해의 언어, 신뢰, 불안, 흔들림, 삶의 단독자. 그녀의 정체성이 최대치로 집약된 단어들이 모인 끝에 떠올린 단어는 아티스트. 글을 쓰는 예술가다.

"나만의 방식, 관점을 끝까지 집요하게 파고드는 게 아티스트들이잖아요"

세상의 물살에도 자신의 방식을 고집하는 태도는 단단하고 견고했다. 그녀만의 고유함은 일터에서 빛을 발한다. '어떻게 살 것인가'의 질문이 '어떻게 일할 것인가'로 구체화되어 '김지수'라는 고유한 서사를 한 줄 한 줄 채운다. 마주 앉은 곳에서 나눈 말은 '일'을 향해 흘러갔다. 삶과 일이 수평을 유지한 채 앞으로 나아간다.

"〈보그〉와 〈조선비즈〉에서 인터뷰하는 동안 한 인간이 지닌 아름다움과 지혜의 최대치를 볼 수 있었어요. 드넓은 시야로 상대를 포용하며 그들의 삶을 써 내는 나를 좋아하고 자랑스러워할 수 있었죠."

그렇게 '자연인 김지수'는 인터뷰와 섞여서 더 크고 담대해진 '인터뷰어 김지수'를 쫓아가기 위해 노력하고, '일하는 김지수'는 '먹고 기도하고 사랑하는 자연인 김지수'의 철학적 민원을 해결해 주기 위해 뛸 수 있었다고 말한다.

감동적이고 리드미컬한 서사로, 때로는 내 안에 편견을 깨는 지식으로 독자의 스크롤을 장악한 인터뷰 시리즈 〈김지수의 인터스텔라〉는 〈보그〉에서 〈조선비즈〉 문화부로 자리

를 옮긴 2015년부터 연재하기 시작해, 누적 조회 수 2,500만
을 돌파하며 독자의 뜨거운 사랑을 받고 있다. '좋은 의사보
다 좋은 상사가 건강에 더 중요', '좋은 콘텐츠는 창작자의
포용 공간에서 싹튼다', '삶에서 가장 중요한 건 친구', '결국
다정한 사람이 살아남는다'. 지면에 담긴 화해의 언어가 세
상을 향한다.

그녀의 인터뷰 여정은 《자기 인생의 철학자들》, 《자존가
들》, 《위대한 대화》라는 인터뷰집으로 재탄생되었고, 고 이
어령 선생과의 마지막 인터뷰를 엮은 책 《이어령과의 마지
막 수업》에 인터뷰어로서 지향하는 '휴머니즘'의 진수를 보
여 주기도 했다. 이 밖에도 《나를 힘껏 끌어안았다》, 《도시의
사생활》, 《나는 왜 이 도시에 남겨졌을까》, 《아프지 않은 날
이 더 많을 거야》가 있고, 유독 시에서 영향을 받아 시 같은
글을 쓰고 싶다는 생각을 담은 시 에세이 《괜찮아, 내가 시를
읽어줄게》 등이 있다.

인터뷰의 과녁은 그녀의 일을 향한다. 주고받던 말의 화살
은 자기를 '온전히' 지켜 내며, '완전'의 경지에 도달하려던
집념의 정중앙을 향했고, '인터뷰어'로서 그녀의 내밀한 지
점에 적중하고자 침착하게 활시위를 당겼다.

사회를 대변할 공적인 얼굴과 숨겨진 내밀한 의식 사이에
존재하는 중간 지대. 그 풍성히 우거져 가려진 것을 거둬 내
는 게 나의 일이기도 하기에 타인이 접근할 수 있는 가장 최

전선의 지점에서 그녀의 반짝이는 진심의 순간을 포착하고 싶었다. 그녀가 추구하는 일에 대해 뜨겁고도, 혹독한 자세는 나와 우리를 향한 가장 날카로운 질문이었다.

더위와 맞서며 약속 장소에 나타난 그를 보고, 원고와 씨름하며 꼬박 지새웠을 그녀의 지난밤을 짐작하며 여느 만남보다 긴장감이 차올랐다. 숨을 꽉 조이는 긴장감이 아닌 귀를 쫑긋 세워 마음을 열게 만드는 다정한 긴장감이었다.

<김지수의 인터스텔라>에서 쓰셨던 '괜찮아, 부탁. 부탁해야 인생이 바뀐다'라는 칼럼이 저에게 큰 용기를 줬어요. 이번 책을 쓰면서 인터뷰 부탁과 고사 사이에서 혼란을 겪고 있었거든요. '부탁(진정성 있는 요청)을 게을리하지 말아야 한다'라는 말에 용기 낼 수 있었어요.

질문에 제대로 답할 수 있을지 주저하긴 했어요, 하지만 섭외하는 마음을 누구보다도 잘 알고 있죠. 열정적이고 진정성 있는 모습에 응하게 되었어요. 만나게 되어서 감사한 일이에요.

누군가와 묻고 답하는 일이 외로운 누군가에겐 다정한 행위가 되기도 한다는 걸 이번 인터뷰를 통해 깨달았어요. 기자님은 어떠세요?

하나의 인터뷰가 끝날 때는 저도 도취되어 '이렇게 살아야지~' 하며, 다정했던 만남과 대화의 잔향이 내 안에 남아서 영향을 미쳐요. 그렇게 조금씩, 조금씩 제가 만난 인물들의 부축을 받으면서 성장하는 거죠. 큰 인물을 만나서 대화를 나누는 일은 나의 흉곽과 뇌곽을 뒤흔들어 최대치의 나로 넓혀 가는 일이에요. 제게 주어진 참 귀한 선물입니다.

인터뷰어의 자리가 정체성에 어떤 영향을 미쳤나요.

인생의 의미를 도덕적, 사회적 이상 실현에 두는 이상주의자처럼 살게 된다고나 할까요. 만남이 거듭될수록 대화가 깊어질수록 점점 더 그 이상이 높아져요. 가끔 '내 삶이 내 글을 못 따라가는구나'라고, 생각해요. 이상에 도달하려는 자아와 현실의 나와의 거리감을 느낄 때가 있어요.

저는 인터뷰이가 발휘할 수 있는 최적점의 모습을 등대처럼 보여 주려고 노력해요. 인터뷰 기사가 나간 후 가끔 '그렇게만 살면 되겠네요'라는 얘기를 듣곤 하거든요. 그들과 함께 저도 '그렇게 살면 되겠구나'가 되는 거죠.

《이어령의 마지막 수업》을 보면 인터뷰 이전의 나와 이후의 나로 구분된다고 언급할 만큼 이어령 선생과의 인터뷰가 미친 영향이 큰 것 같아요. 구체적으로 어떤 점이 달라졌을까요.

'죽음을 기다리며 나는 탄생의 신비를 배웠네!'라는 선생님과의 마지막 인터뷰 기사가 나간 후 전화통에 불이 났었죠. 그 글의 핵심은 '죽음이 무엇인지 알게 되면 삶이 무엇인지 알게 된다'인데 그 메시지에 저를 비롯해 사람들이 반응한 거예요. 파급 효과가 컸어요.

긍정적인 파문을 일으키는 것을 보고, 제 인생의 다음 챕터를 살아갈 힘을 얻었어요. 그리고 안도감 같은 걸 느꼈어요. 영혼이 비슷한 한 인간의 자장 안에서 마음껏 슬퍼했고, 여한 없이 기쁘던 시간이죠. 제 안에 한 번도 쓰지 못한 감성, 지성의 근육이 꿈틀대고, 그의 말들이 닿을 때면 '최대치의 나'로 확장되는 듯한 느낌을 받곤 했습니다.

그래서였을까요. 책에 담긴 대화에서 인터뷰이에 대한 사려 깊음이 느껴졌어요. 기자님만의 인터뷰 원칙은 무엇일까요?

최선을 다해 정중하게 듣는 게 중요해요. 어릴 때부터 가는 귀가 먹어 안 들릴 때마다 여러 번 반문하는 습관 덕에 귀한 재능을 얻었어요. 인터뷰이들이 하고 싶은 말을 무슨 말이든 다 할 수 있도록 해요. 뒤죽박죽되어도 좋아요. 온전히 자신의 서사를 풀어 낼 수 있도록 독려하고 믿음을 주고자 노력합니다. 그러려면 잘 듣고 충분한 시간을 내어 줘야 해요. 인터뷰어가 갖추어야 할 정중함이라고 봐요.

경청은 인터뷰뿐 아니라 이 시대에 필요한 태도인 것 같습니다.

네, 맞아요. 정중한 청자가 필요한 시대죠. 제가 인터뷰한 예일대 정신의학과 나종호 교수도 믿는다는 것은 듣는 것이라고 했거든요. 상대의 이야기를 고개 끄덕이며 공감하면서 들어 주는 것. 잘 듣는 관계가 정신 건강의 시작이라고 하더군요. 인터뷰를 통해 저도 대상의 말을 들으며 믿음을 주려고 합니다.

인터뷰는 경청이 8할이에요. 굳이 인터뷰어는 많은 이야기를 하지 않아도 몸짓으로 여러 뉘앙스의 질문을 할 수 있거든요. 제 질문은 별로 중요하지 않다고 생각해요. 인터뷰이가 무슨 이야기를 하든 결국 제 맥락을 찾고 연결돼요. 그걸 믿는 게 중요하고요. '저 사람이 다 얘기해 줄 거야', '당신 말이 맞습니다'라고 고개를 끄덕이면서요.

탁월한 인터뷰어에겐 순한 귀가 필요하다고 언급하신 걸 글에서 읽었어요. 순한 귀가 있다는 건 어떤 의미일까요.

순한 귀를 가지려면 편견이 없어야 해요. 편견이 있으면 대화를 받아들이는 데 걸림돌이 생겨요. 저는 타고나기로 편견이 없는 편이에요. 잘 듣고, 잘 믿는 편이죠. 인터뷰이의 말을 끝까지 들어 주면 굉장한 신비가 일어나요. 사람은 끊기지 않고 방해받지 않고 말하게 되면 자기 말에 춤을 추게 되어 있거든요.

귀를 순하게 해서 잘 열어 두는 일은 쉬울 것 같지만 어려워요. 인터뷰어는 일단 들은 것을 담아 낼 수 있도록 계속 새것인 상태로 갈고 닦는 게 너무나 중요하고요. 왜냐하면 한 사람의 말이 나한테 뿌리내려야 하잖아요. 그래서 그 말이 뿌리내릴 수 있도록 밭을 잘 가꾸는 노력이 필요하죠.

김지수는 에세이 《아프지 않은 날이 더 많을 거야》에서 듣는 일에 대해 "내 몸과 내 귀를 깨끗이 해서 상대에게 헌납한다"는 표현을 썼다. 사람이 가진 각자의 독특한 DNA의 단서를 끄집어 낼 때까지 인터뷰하며 최선을 다해 들으며, 독려하며, 온몸으로 흡수한다고.

'말하는 화자'가 넘쳐 나는 시대. 정성껏, 정중하게 상대에게 귀를 기울인다는 것이 얼마나 큰 힘을 가졌는지 깨닫는다. 진심, 배려, 공존의 가치가 새어 나간 틈 사이로 자신의 주장만 쏠쏠하게 채워진 세상에 우린 이미 지쳐 있으니까.

장자는 '음악 소리가 텅 빈 구멍에서 흘러나온다'라고 했다. 마음을 공허하게 지니면 참된 소리가 생겨 난다는 뜻이다. 텅 빈 마음을 지닌다는 것이야말로 듣는 일의 시작이다.

인터스텔라 인터뷰 기사가 업데이트될 때마다 화제를 낳습니다. 일주일 단위로 마감이 이뤄지니 시간이 빨리 지나갈 것 같아요. 기자님의 일주일은 어떻게 흐르나요.

일주일이라는 시간이 전쟁처럼 지나가요. 월요일, 화요일은 인터뷰 대상 섭외를 위한 자료를 서칭하고, 인터뷰를 진행해요. 마감은 주로 목요일, 금요일에 이뤄지고요. 기사 1편을 완성하고 난 뒤에 만신창이가 돼요. 시간을 감각할 겨를

조차 없이 몰두하고 몰입하는 시간입니다.

'만신창이가 되도록 몰두한다'는 건 평소 일하는 태도인가요.

일할 때 전투적이에요. 모든 걸 갈아 넣듯 일해요. 〈보그〉에 있을 때 사진작가 한 분이 '지수를 이해하려면 기자라기보다는 아티스트에 가깝다'라고 하시더라고요. 글을 쓸 땐 작가주의적 태도로 임하려고 노력해요.

글 한 편에 나를 갈아 넣는다는 표현이 강렬합니다. 이유는 뭘까요.

잘하고 싶은 이유가 가장 크죠. 잘하고 싶은 마음과 좋은 인물을 발견했을 때 오는 감동과 흥분이 커서 더 몰두하게 되는 것 같아요. 감동과 흥분을 독자에게 빨리, 제대로 전하고 싶은 욕심에 더 자신을 부추기고, 올인 하게 돼요.

뭐든 최선을 다해 완전함에 이르려는 노력 뒤엔 불안과 우울이라는 그늘이 늘 따라다녔어요. 글 1편 마무리할 때마다 완벽하게 매듭지어야 직성이 풀리다 보니 마감 후에 녹초가 되거든요. 가끔 거울에 얼굴을 비춰 보면 눈은 슬픈데 입은 웃고 있어요. '넌 잘할 수 있어'라고 주문을 걸어도 견디기 힘들 때가 있어요.

불안이 따라올 만큼 완벽함에 도달하려는 그 '일'이 기자님에게 지닌 의미는 무엇일까요.

유년기부터 제게 일은 생계의 절박함이 따라붙는 것이었어요. 고사리손으로 나전칠기에 자개 조각을 붙이던 8살 가내수공업자 시절부터, 프로야구 스티커를 떼다 학급에 팔던 12살 자영업자 시절, 학비를 벌기 위해 목이 쉬도록 과외하던 20살 비정규직 시절, 몇 번의 실직과 재취업에 이르기까지, 일은 제게 피할 수 없는 고된 노동의 얼굴이었어요.

평소 바라던 글 쓰는 일을 하면서도 일의 즐거움보다 '생계의 절박함'이 앞섰어요. 그러다 〈김지수의 인터스텔라〉라는 인터뷰 칼럼을 쓰고, 좋은 어른들을 만나면서 생계를 위한 일과 사명을 갖고 일한다는 게 어우러져 일의 의미가 새로워졌어요.

철학자 김형석 선생과 디자이너 노라노 선생이 그러셨죠. 일생의 가장 큰 행복은 일하는 것이라고. 윤여정 선생의 돈이 궁할 때 가장 좋은 연기가 나온다는 말을 들었을 때 돈을 벌어야 하기에 일하지만, 일하며 최선을 다하다 보면 어느새 더 나은 나에게 도달한다는 믿을 말한 결말도 얻었고요.

삶과 일의 적절한 협업이 중요한 것 같아요.

맞아요. 일터에서 사람들이 도달하려는 이상적인 지점이죠. 삶과 일이 통합될 때 일터의 인간은 존재의 빛을 발한다고 봐요. 가장 나다운 빛이요. 자신을 일하는 인간으로 정의 내린 사람을 살펴보면 변화하는 세계를 이해하기 위해 서늘한 긴장 속에 기꺼이 자신을 내어 놓죠.

사회에 도움이 되고, 공동체에 보탬이 되기 위해 기쁘게 바지런을 떠는 거죠. 감각이 뒤지지 않고 인격이 녹슬지 않도록 매일매일 단련하는, 그러한 노력과 애씀, 열심에서부터 삶과 일, 직업과 소명이 균형 잡힌 조화를 이룬다고 봅니다.

일터에 서 있는 그녀를 상상하며 아티스트를 떠올린 건 자기만의 방식을 찾고, 새로운 길을 창조하며, 완벽함에 이를 때까지 몰두하는 일의 태도 때문이었다. 상황이 바뀔 때까지 나를 꿰맞추고, 재단하는 방식이 아닌 주도적으로 자기만의 길과 방식과 삶을 그리며 집요하게 파고든다는 점에서 아티스트다운 면모가 엿보였다.

'가장 나답게 무엇을 창조할 것인가'라는 질문은 인터뷰 내내 그녀가 뉘앙스로 내게 던진 질문이다. 모호하던 일의 관점이 그녀를 만난 후 명확해졌다. 탁월한 재능은 필요치 않았다. 선택과 집요하게 밀어붙이는 행위만이 절실했다.

여성을 넘어 '나답게' 살고 싶은 욕구는 시대적 트렌드가 되었죠. 진 정한 나다움은 무엇이라고 보십니까.

저는 나다움의 증거 찾기가 결국 '일'로 모일 거라고 봐요.

'나는 누구인가'의 질문이 '나는 무엇을 하는 사람인가'로 이어질 거예요. 세계의 최전선에서 오래 일하는 분을 만나면서 확연해지더군요. '어떻게 살 것인가'와 '어떻게 일할 것인가'는 다르지 않다는 걸요. 삶이 곧 일이며, 일이 곧 삶인 사람은 행복하다는 거죠. 특히 일터에서 '자기만의 콘텐츠'로 나다움을 찾아가는 게 중요하다고 봐요.

나다움의 자리를 지키기 위해 어떤 노력을 하시나요.

인터뷰이를 만나 레이더망에 포착된 어떤 지점, 특징을 중심으로 관련 단서를 집요하게 찾아내려고 해요. 맞을 수도 있고 틀릴 수도 있지만 '내가 맞다'는 확신이 중요해요. 자기 방식, 자기 시선, 자신의 선택에 확신을 갖고 집요하게 풀어가는 사람들이 예술가들인 거예요. 다만 사회에 해악이 되지 않도록, 세상에 도움이 되도록, 편견을 없애도록, 새로운 시야를 열어 주도록, 새로운 언어를 만들어 내는 역할을 할 수 있어야 하죠.

그 지점에 이르기까지 방황과 시행착오가 있었을 것 같습니다.

방황할 수밖에 없어요. 괴테도 《파우스트》에서 인간은 노력하는 한 방황하는 존재라고 했죠. 삶은 흔들림의 연속입니다. 흔들리니까 중심을 잡으려고 어떻게든 노력하는 거예요. 그러다가 너무 힘들면 멈춰도 되고요.

'나다운 콘텐츠'를 쌓기 위해 필요한 건 무엇이라고 보세요?

포트폴리오형 인간이 되어야 해요. 찰스 핸디 경은《포트폴리오 인생》에서 앞으로는 자기 콘텐츠, 자기 커리어로 승부하는 '포트폴리오 인간'이 살아남는다고 강조해요. 세상과의 접점을 만들어 그 안에서 소통하는 나만의 콘텐츠를 만들어 가야 해요.

영향력 있는 경영 사상가로 알려진 찰스 핸디 경은《포트폴리오 인생》에서 자신을 '포트폴리오 생활자'라고 표현했다. 쉽게 말해 평생직장이 사라지고, 일의 프레임이 변화한 시대에 다양한 활동으로 삶의 포트폴리오를 구성해서 사는 사람을 말한다.

그는 '생활'에서 '철학'을 해야 한다고 강조한다. 내 삶의 목표는 무엇인가, 가장 중요한 것은 무엇인가, 어디서 또는 언제 그것을 할 것인가 등을 스스로 고민하고 결정해야 한다는 것이다.

<김지수의 인터스텔라>에서 던지는 메시지를 보면 시대의 흐름을 읽어 내는 감각에 감탄하게 돼요. 감각의 출처가 궁금합니다.

초등학교 때는 집안 사정상 이사를 많이 다녔어요. 그래서 전 늘 떠나는 사람이었어요. 천지가 객지 같은 정서가 있었죠. 또래 집단의 일반적인 삶 안에서 즐겁게 어울릴 수가 없던 시절이죠. 한 집단에 소속되지 못하고 경계에 있는 사람일 경우에 관찰의 바운더리가 생겨요. 완전히 그 문화에, 공동체 안에 소속되지 못했기 때문에 경계에 서서 관찰할 수 있던 거죠.

뒤돌아보니 지금 하는 일의 경험적 데이터가 쌓인 시기에요. 예민한 감각 덕분에 항상 세상을 향해 레이더가 열려 있는 상태요. 편견 없이 받아들이는 편이고요. 늘 가장자리에서 예민한 감각과 편견 없는 시선으로 삶을 바라보게 돼요. 그러면 구속하고 옥죄이는 것들의 무게로부터 빠져나와 새로운 시야가 열리곤 했어요. 자유로운 시선이라고도 할 수 있겠죠. 이런 경험적 데이터, 타고난 기질이 기자로서 감각을 기르는 데 힘이 된다고 생각해요.

편견 없는 시선, 가장자리에서의 자유로운 시선은 많은 것을 포용할 수 있게 해요.

맞아요. 제가 지향하는 건 휴머니즘이거든요. 만나는 사람 모두 편견 없이 바라보면, 관찰자의 위치에서 객관적인 렌즈로 보면 포용하고 수용하게 되요.

감동과 흥분을 일으키는 인터뷰 대상자는 주로 어떻게 발굴하나요.

늘 레이더가 열려 있어 다양한 것을 탐색하려고 해요. 요즘엔 주로 책 저자를 중심으로 인물을 찾는 편인데, 책은 그 사람이 지닌 콘텐츠를 증명하는 좋은 도구거든요. 콘텐츠에 대한 확신이 들 때 인터뷰가 진행되기 때문에, 책은 콘텐츠 검증 시간을 단축해 준다는 장점이 있어요.

<김지수의 인터스텔라>에 담긴 콘텐츠는 어떤 맥락을 지녔을까요?

시대를 관통하는 콘텐츠의 흐름이 있어요. 다행히 세상의 최전선에 있는 지식이 <김지수의 인터스텔라>에 고이고 있어요. 다정함, 친구, 감정의 스위트 스폿, 고난의 최적점, 슬픔의 위대한 힘 등 지식의 흐름을 따라가며 키워드를 이슈화하려고 하고요. 과학, 철학, 의학, 경영학 등 전 범위를 아울러 치밀한 구조 안에서 지식이 촘촘하게 연결되고 있어요.

인터뷰어로서의 사명은 무엇일까요?

세상에 좋은 언어, 화해의 언어, 포용하는 언어를 만들고 싶어요. '좋은 의사보다 좋은 상사가 더 중요하다'라는 말처럼 화해의 언어를 발굴해 마음과 마음을 연결하는 마인즈 커넥터의 자리에 있고 싶고요. 화해를 위한 정확한 언어를 발견해 낼수록 쾌감에 도취해 계속 이 일을 하는 것 같습니다.

두 아이의 엄마이기도 한 그녀는 자신을 엄마로서는 미성숙하다고 이야기한다. 일에 쏟는 열정만큼 아이들과 함께하지 못함을 에둘러 표현한 것일 테지만, 아이를 사랑하는 마음은 여느 엄마와 다를 바 없다. 각자의 방식으로 사랑을 표현할 뿐이니까.

카톡 아이디인 '하율하경 사랑해'는 다정한 엄마의 자리를 확인하게 해요. 엄마의 정체성이 인터뷰어의 삶에 어떤 영향을 미쳤을까요.

윤여정 배우는 '엄마의 정체성'이 나를 버티게 했다고 인터뷰에서 언급한 적 있어요. 어쩌면 엄마라는 역할은 일하는 근본 동력이자, 한편으로 무거운 짐이죠. 윤 배우가 부양자로서 책임감과 부담감을 맑고 경쾌하게 표현한 거라고 봐요. 저도 마찬가지예요. 현실적 책임과 무게가 일의 원동력입니다. '엄마의 정체성'이 일에도 영향을 줘요. 엄마이기에 볼 수 있는 게 있잖아요.

돌봄과 일을 저울 양쪽에 올려놓는다면 '일'에 기우는 편인가요.

저는 일에 비중을 두고 살아왔어요. 일의 완성도를 높이려면 몰두할 수밖에 없었거든요. 다만 지금은 그 방식이 맞는 건지 되묻고 있긴 해요. 다시 답을 찾아 가려고요.

앞을 보며 달려온 시간이네요. 얻은 것과 잃은 것은 무엇일까요?

얻은 것은 커리어의 성장일 테고, 잃은 것은 아이들과 많은 시간을 보내지 못했다는 점이죠. 지금은 아이들이 성장해서 엄마를 찾는 시기는 지났지만, 이젠 제가 아이들과 더 많은 시간을 보내고 싶어요. 커리어 안에 있는 내가 아닌 그 외의 내 모습이 궁금해져요. 내 안에 존재하는 다양한 모습의 나를 마주하고 싶어졌어요.

'어떻게 키울 것인가'라는 질문에 대한 대답은 어떻게 찾고 있나요.

참 어려운 문제죠. 이근후 정신과 의사는 '어떻게 컸으면 좋겠냐'는 있지만 '어떻게 키울 수 있느냐'는 없다고 했어요. 저는 내가 직접 키운다는 주도적인 의미보다 철저하게 돕는 자의 자리에 있고 싶어요. 궁극적으로 자기 인생은 자기가 찾아 가야 하니까요.

두 아이에게 어떤 엄마로 기억되고 싶으세요.

잘 들어 주는 엄마로 기억되길 바라요. 아이들은 조금만 들어 줘도 기분이 확 좋아져요. 잘 듣기만 해도 훌쩍 자라 나요. 그래서 아이들의 이야기는 작은 것이라도 놓치지 않으려 노력해요. 진지한 태도로 듣는다는 건 아이를 나와 동등한 인격체로 존중한다는 거잖아요. 아이들도 느끼는 것 같아요.

여고·여대·여성지 에디터에 이르기까지 여성 중심의 조직문화를 오래 경험하셨죠. 반면 조선미디어가 지닌 조직 문화의 성격은 좀 달랐을 것 같아요. 사회생활 하다 보면 소수자의 자리에서 느끼는 불리함이 있잖아요. 이런 경우 자기 자리를 지키기 위해 중요한 건 무엇이라

고 보세요.

결국 조직에서 '나'를 주장하려면 답은 콘텐츠가 아닐까요. 자기 콘텐츠가 확실하면 돼요. 계속 새로운 콘텐츠로 확장해 나가려는 부단한 노력이 필요한 것 같아요. 계속 나를 시대정신에 맞게 끌어올리고, 잘 흘러가도록 스스로 단련하고 성장시키는 노력이요.

읽고, 보고, 생각하며 좋은 콘텐츠에 나를 노출하는 것도 중요하고요, 낯설고 새로운 것을 계속 받아들이려는 노력에서 자기만의 콘텐츠가 나오니까요.

글을 쓸 때 영감은 주로 어디서 얻나요.

저는 시의 정서를 참고해요. 기본적으로 어떤 글을 쓰든, 그것이 인터뷰 기사든, 문학비평 기사든, 여행 기사든 한 편의 시를 짓는다는 마음으로 쓰려고 해요. 수미상관으로 쓰기도 하고 여러 가지 문학적 수법도 사용하죠. 전체적으로 정서적 환경을 만드는 게 중요한데, 시에서 모티브를 얻는 편이에요.

패션잡지 〈보그〉에 있을 때는 모든 장르를 다 하려고 욕심도 많았고 모든 플롯의 글을 써 보려고 시도했죠. 요즘은 인터넷을 통해 주로 기사가 유통되니 형식 실험이 한정될 수밖에 없다는 게 아쉬워요.

'시'를 유난히 사랑하는 것 같습니다. 왜 시일까요.

어릴 적부터 김광섭 시인의 시 〈저녁에〉에 젖어 드는 사람이었죠. 시에 드리워진 정서가 제 바탕에 깔려 있어요. 전 슬픔을 거름으로 삼고 자란 사람이거든요. 헤어짐에 대한 슬픔, 슬픔의 정서가 어린 시절부터 크게 자리 잡았어요. 완전함에 대한 향수, 그리움, 헤어짐을 향한 정서가 저에게 남아 있죠. 뭐랄까. 우주의 근원, 영성, 저 너머의 세계를 그리워하는 마음 같은 거요.

사실 인간은 근본적으로 슬퍼할 수밖에 없는 존재잖아요. 그 슬픔을 모욕감 없이 가장 찬란하게 드러내 주고, 내 안의 슬픔을 바라보는 내시경의 역할을 해 주는 게 시인이라고 봐요. 시만큼 슬픔이 자랑인 장르가 어디에 있나요? 박준 시인의 시 〈슬픔은 자랑이 될 수 있다〉가 그랬어요. 저도 가끔 아이에게 '네가 나의 슬픔이라 기쁘다'라고 그래요.

글을 쓸 때 중요하게 생각하는 것은 무엇일까요?

저는요. 모든 것은 연결되어 있다고 봐요. 그 사람이 지닌 가장 빛나는 지점으로 에피소드가 모이게 되어 있어요. 그 지점을 발견하고 연결하는 과정에서 저만의 관점이 나오는 것 같아요.

예를 들어 영화 〈헤어질 결심〉에서 박해일 배우에게서는 '혼돈 없음'이 읽혀요. 그 배우를 어릴 때부터 봐 왔는데 근자감 같은 걸 느꼈어요. 영화 〈질투는 나의 힘〉에서도 이력도 외모도 특별한 게 없는 배우인데 이상하게 흔들림이 없는 거예요. 저는 그 지점을 포착하는 거죠. 굉장히 혼돈스러운 상황임에도 혼돈이 없는 그의 모습에서 내면이 지닌 힘을 읽는 방식이죠. 그럴 때 '이거 뭐지?' 하며 그가 걸어온 필모그래피를 보고 그 지점을 찾아내려고 해요.

자기다움이란 무엇이라고 보세요?

제가 생각하는 자기다움이란 진정성이에요. 자기다움의 윤리가 그 사람 안에서 일관되게 유지될 때 진정성이 발휘된다고 봐요. 제게는 어떤 면에서는 일관되지만, 어떤 면에서는 충돌하는 지점들이 있어요. 그래서 더 솔직한 나를 보여주고 싶다고 요즘 많이 생각해요. 내 약점, 결핍까지도. 그러려면 세상에 대한 신뢰와 믿음이 필요해요. 세상은 안전하다는 믿음이요.

세상을 믿는 편인가요.

믿고 싶어요. 심리학 용어에 '사기꾼 콤플렉스'라는 것이 있어요. 생각보다 많은 사람이 겪는 심리적 어려움이더군요. 한 가지 일에 몰두해서 대중 앞에 서는 사람들이 겪는 심리 불안 같은 거예요. 이들은 자신이 세상 사람을 속이는 사기꾼 같다고 느끼는 거죠. 제가 지금 그래요. 이젠 나 자신을 더 노출하고 더 솔직해지는 삶으로 나아가고 싶어요.

그녀가 말한 사기꾼 콤플렉스는 자기의 역량이나 재능이 찬사와 업적에 비해 부족하다는 생각에 시달리는 정신적 패턴을 의미한다. 사기꾼 콤플렉스를 경험하는 이들은 주로 회사 승진이 내 업적 때문이 아니라 운이나 연줄 때문이라고 착각하거나, 내가 생각보다 별로인 사람이기 때문에 언젠가는 주위 사람들이 내 실체를 알게 될 거라 걱정한다.

세상 사람을 향한 믿음은 어떻게 쌓아야 하는 걸까요?

믿음은 경험으로 쌓인다고 봐요. 위험을 감수한 경험이 우리가 속한 세계를 확장시키고요. 저는 제가 지닌 순진성이 위험을 감수하게 했어요. 늘 '리스크'가 많은 선택을 하곤 했거든요. 그러다 보니 자연스럽게 삶이 확장된 것 같아요. 살다 보면 리스크를 경험하는 순간 돕는 이가 반드시 나타나더군요.

사람들은 조금만 손을 뻗으면 기꺼이 손을 잡아 줘요. 타인의 안전과 어려움을 그냥 지나치지 못하는 본능 같은 게 누구에게나 있다고 봅니다. 그게 소셜 애니멀이고, 다윈이 말한 '적자생존'은 결국 '선자생존'이라는 말과 통하죠. 연민과 다정함의 비밀이 거기에 있는 거죠. 그래서 위험을 감수하다 보면 친구가 생겨나요. 가끔 세상은 믿을 게 못 된다며 좌절도 경험하지만, 때론 이전보다 더 좋은 믿을 만한 사람을 만나게 되죠. 그런 경험에서 우린 세상을 향한 믿음을 쌓아 가는 것 같아요.

최근 몰입하는 화두는 무엇인가요.

인터뷰어로서 '정중함'을 지닌 사람이고 싶었어요. 지금은 '정직한' 사람이고 싶다고 생각해요. 거짓 없이 자신을 드러내 보고 싶거든요.

앞으로 어떤 글을 쓰고 싶으세요.

이젠 좀 더 편안한 글을 쓰고 싶다고 생각해요. 이전까지는 이상주의적인 글을 썼다면, 지금은 좀 더 현실에 가까운 친근하고 편안한 글을 지향하고 있습니다.

마지막으로 가장 인터뷰하고 싶은 사람은 누구인지 궁금해지네요.

저 자신이라고 말하고 싶어요. 인터뷰어들에게 애정을 쏟으면서 진정 나 자신을 괴롭혀 온 것 같아서요. 나 자신은 또 하나의 타자라고 생각해요. 이젠 저 자신을 아끼고, 쓰다듬고, 다독이고 싶어요.

김지수와의 인터뷰에서 가장 인상 깊은 건 그의 일에 대한 집념 너머의 세계였다. 주어진 일에서 '완벽'에 이르는 지점에 다다를 때까지 오롯이 파고들면서도 언저리의 이야기를 줍고 꿰는 일. 대화가 거듭될수록 그의 눈빛은 더 순하고 무해한 형태로 빛났다. 다정하고도 단단한, 날카롭고도 섬세한 눈빛에서 왜 그토록 그를 만나고 싶었는지를 알게 됐다.

다시 걸어갈 힘이 되는 다정한 경험

글의 힘을 믿는다. 힘들고 고된 시간을 거치며 그 믿음은 더욱 단단해졌다. 밑줄 친 1줄 문장이 잠자던 감각을 깨웠고, 다친 마음을 감쌌으며, 뾰족하던 마음을 둥글게 다듬곤 했으니까. 내 상황과 심리 상태에 따라 유독 마음을 흔드는 단어가 있다. 모호한 감정을 명확히 정의하는 그 말을 따라가다 보면 어느 순간 내가 원하는 건 무엇인지, 지금 내게 필요한 것은 무엇인지 발견하곤 했다.

어떤 날의 장면이 생생하다. 그때 난 작고 소소한 것에 감응하고, 감동하는 요령이 간절했다. 바쁘고 팍팍하던 일상은 내게 세상 모든 것에 '무감각'할 것을 요구했다. 빠름과 효율의 유혹에, 경쟁의 무게에 감각의 촉수는 닳고 녹슬어 쓸모를 잃어 가던 그때. '아이를 안아 준 적 언제였나요?'라는 기사에 유독 마음 한 자락이 엮이고 섞여 공감의 감동이 일었다. 〈김지수의 인터스텔라〉에 수록된 기사였다.

생의 의욕을 잃은 한 여성이 생을 마감하려는 순간, 어린 시절 아버지의 진한 포옹을 떠올리며 그때 그 가슴팍의 감촉과 꽃향기가 되살아나 충동을 이겨 냈다는 이야기에 단단하던 감각이 말랑말랑 유연해졌다. '맞아. 그런 느낌이었어, 그래. 나도 그게 뭔지 알아'라며 꺼진 스위치가 딸깍하고 다시 켜지는 경험. '가슴팍의 감촉과 꽃향기'라는 글의 한 대목에서 비롯된 변화가 신기하기만 했다.

글의 여운이 채 가시지 않은 이른 아침. 일어나자마자 아이의 작은 몸을 폭 끌어안았다. 자는 아이에게 느껴지지 않을 정도로만 단단하게 팔을 감쌌다. 아이의 볼에 코를 대고 흠뻑 여린 살갗을 감촉한다. 잠시 잃어버렸던 생의 감각이 되살아난다. 회갈색 돌담집, 초록 이파리, 오렌지색 지붕, 나의 뒤를 은밀히 밟는 갈색 고양이, 살랑이는 바람을 품은 대기가 길을 따라 살아난다. 다시 걸어갈 힘이 솟아난다.

감당해야 할 삶의 무게에 짓눌려 불안과 침묵을 오가는 사이 그녀가 건넨 단 한 줄의 글은 내게 잔잔한 질문을 던지곤 했다. '지금 너의 마음은 어떠니?', '여기 이 사람 얘기 한번 들어 볼래?' 그렇게 우리의 내밀한 대화는 아주 오래전부터 시작되었을지도 모른다.

아나운서
손정은

03

전 MBC 아나운서로, 현재는 프리랜서로 다양한 분야에서 도전과 실험을 경험하고 있다. 2004년 부산 MBC 아나운서에서 출발해, 2006년 MBC 26기 공채 아나운서로 입사한 그는 〈PD수첩〉, 〈MBC 뉴스투데이〉, 〈뉴스데스크〉 등 MBC의 주요 보도·시사·교양 프로그램의 앵커 및 진행을 맡으며 간판 아나운서로 활약했다. 이밖에도 예능 프로그램은 물론 드라마, 연극배우로도 도전하는 등 다재다능한 면모를 보여 왔다.

아나운서
손정은

고요한 달항아리 같은 침묵

마흔이 되면 단단한 무언가를 갖게 되리라 기대했다. 하지만 단단은커녕 세상과 부대끼며 나 자신을 알아 가는 일조차 벅차기만 하다. 울퉁불퉁한 길 한가운데에서 나를 관찰하고, 태도를 점검하고, 가야 할 방향을 가늠한다. 걷다 뛰다 넘어지면 누군가의 부축을 받기도 하고, 때론 씩씩하게 혼자 일어서 걸으며 진짜 나와 대면한다.

사실 나 자신으로 살아가는 게 뭔지를 제대로 생각하게 된 건 마흔 앓이가 시작된 시점이다. 열심과 성실로 걸어왔던 길이 '내가 바라던 모습일까?', '지금 이건 내가 좋아하는 건가?', '나랑 잘 어울리는 것인가?', '내가 진짜 원하는 삶은 어떤 모양일까?' 온갖 질문을 품은 채 흔들리면 흔들리는 대로, 깎이면 깎이는 대로 익어 가던 시절. 그때쯤 우연히 해답 같은 어떤 모양을 마주했다.

약속 장소이던 국립중앙박물관에 도착해서 비교적 인적이 드문 3층에 올랐다. 도자-공예 청자실. 입구를 지나 한 발짝 몸을 들여놓자, 눈 내린 날 아침의 산책길 같은 그곳에서 순백의 빛을 발하는 동그란 달항아리를 마주했다. 하얗고 둥근 원 앞에서 지금까지 느끼지 못한 고요한 떨림을 느꼈다. 흥분에 차오르는 떨림이 아닌 요동치던 무언가가 조용히 잦아드는 떨림이 신기했다. 노련한 관람객이 예술 작품 앞에서 느끼는 경외감이 이런 건가, 가장 낮은 곳으로 내려가 가만히 감탄했다.

고요하고 잔잔하게. 달항아리 앞 낮은 의자에 기대 한참을 바라보고 또 바라본다. 얼마의 시간이 흘렀을까. 소박하고 단출하게 전시된 달항아리가 어떤 답을 품은 듯 잠잠한 채 넉넉한 품으로 질문의 답들을 내어 놓기 시작했다.

완벽한 둥근 원을 그린 것도 아닌 그렇다고 해서 아주 일그러지지도 않은 동그라미, 어리숙하지만 시선을 잡는 순진한 아름다움에 정이 간다는 미술학자 최순우 선생의 달항아리 예찬을 읽듯 달항아리의 둥근 실루엣을 따라 흘러내리는 단어들을 읽는다. '동그란. 어리숙한, 순진한, 아름다운, 정'이라는 다섯 단어가 주는 안도감은 내 마음을 헤아리는 다정한 친구의 어깨에 기댄 듯 푸근하다. 달항아리가 건네는 내밀한 위로는 폄하된 내 안의 몇 가지 진심을 품위 있게 대변하며 나로 시작해 타인, 세상에 더 매끄럽게 다가가도록 길을 터준다.

가장 자신답게 둥글어진 달항아리의 존재를 가늠하던 날.

그날 이후 달항아리를 편애하는 중이다. 아니 세상 속 흐름에서 홀로 떨어져 나와 자기만의 방식으로 집요하게 자신의 자리를 지키는 것들을 편애한다는 표현이 더 적합할지도 모른다. 달항아리의 발견은 내 안의 눈금을 재조정하는 일이었다. 자유롭게 살아가고 있다는 감각, 좋아하는 마음의 온도, 나에게 솔직한 태도 같은 것들. 그렇게 미처 발견하지 못한 흥미로운 정체성을 파고들며 자기로 살아간다는 건 무엇인지 찾아갔다.

달항아리가 건넨 답은 이런 것들이다. 아직 마음 싸늘한 날 팽팽한 고무줄의 아슬아슬한 날이 이어질지라도 독해지거나, 너무 강해지지 말자고. 흔들리고, 자주 넘어지더라도 곱고 여린 결은 오래오래 간직하자고, 때론 순진하고 동그란 마음이 다치지 않게 아끼고 아껴 까칠한 팔등 뒤 보들보들 연한 살을 유지하자며 가만히 감싸고, 작은 바람에도 흔들리는 화려한 꽃 같은 삶보다는 거친 흙더미에 얽혀 뻗어나간 홀로 어두운 땅속에 묻혀 있어도 언제든 꽃을 피우는 강한 뿌리처럼 단단해지자고 다독인다. 이게 나일 테고, 조금 아프지만 그게 몇 배는 더 행복할 테니까.

책장을 넘기며 계절을 나던 가을의 어느 날. 달항아리 앞에 섰다. 유난히 내 옆에 진열된 달항아리가 뭉클하던 그날. 난 꼭 한 편의 시를 닮았다고 생각했다. 기다림, 견뎌 냄, 침묵, 스며듦. 그 안의 기록된 단어들이 단순하면서도 깊고, 조용하고도 충실하게 배열된 시. 진정한 문학은 누군가의 옆에 가만히 서 있는 일, 헤아리고 알아주며 감싸 안는 것이라는 어느 노학자의 말처럼 달항아리는 가장 문학적인 방식으로 내 옆에 서서 가만히 감싸 안는다. 고요하고 은은한 시처럼 살고 싶어진다. 번잡스럽지 않게, 소란스럽지 않게, 작은 것에 오래 머물고 다정하게 스며들며 고요해지는 그런 삶 그리고 시.

유난히 춥던 그해 겨울에도 박물관 청자실 문을 열었다. 하얀 눈으로 둘러싸인 고즈넉한 청자 앞의 시간은 유난히 느리게 흐른다. 재촉하는 부추김도, 화려한 자극도 없던 그곳에 흐르는 느린 침묵. 그날 난 '기다림'만이 반복되는 책을 펼친 것처럼 달항아리에 새겨진 기다림을 반복해서 읽는다. 이 책에 담긴 '기다림'은 겪었음을, 겸손하게 견디어 냈음을. 그러나 좋아하는 마음, 아름다움을 보는 마음으로 그리했음을 의미했다. 그렇게 다른 방식의 읽기를 경험한 후 나다운 색감은 더욱 풍부해지고, 나에게 적절한 빛의 농도를 맞춰 가며 남은 마흔의 시절을 고요하고 겸손하게 나아간다.

다정한 침묵. 달항아리는 고요한 밤하늘의 달처럼 가만히 그 자리에서 내 안의 것들을 쓰다듬는다. 침묵도 따뜻할 수 있구나. 어리숙해도 아름다울 수 있구나, 완벽하지 않아도 완전할 수 있구나. 말 없는 다독임을 마주한 그때, 그제야 하고 싶은 말들이 또렷한 형태로 입가에 맴돌기 시작했다. 덕분에 나를 둘러싼 세계를 보다 다정하고 초롱초롱한 눈으로 바라보게 됐다. 내 안에서 놓치고 흘려버린 가장 나다운 것을 전면에 내놓음으로써 세상이 규정해 놓은 선입견에 당당히 맞선다. 이토록 다감한 예술 작품 앞에서 난 종종 나를 능가한다.

자유롭게 빛나는 다정한 목소리

시간과 시간 사이, 구간과 구간이 접히는 모서리, 순간과 순간이 닿는 경계선을 유심히 바라보는 편이다. 인생의 접히고, 구부러지며 맞닿는 구간. 바로 그 지점에서 그 사람만의 고유한 형체가, 분명한 색이 드러나곤 하니까. 손정은은 삶에서 꺾이는 구간마다 멈추고, 가만히 물러서서 스스로 질문을 던졌다. '무엇을 추구하는가?'로부터 시작해 '왜 불편한가?', '이해되지 않는 건 무엇인가?', '나 자신은 어떤 사람인가?', '어떤 태도를 취할 것인가?' 등의 입체적 방식으로.

내면화된 타자의 목소리와 자기 목소리를 분별하는 일은 자립에 있어서 중요한 구분 점이 된다. 그녀는 다각도의 질문과 삶의 실험을 거듭하며 무엇이 진짜 내 목소리인지 가늠한다. 격렬한 흔들림과 혼란이 필연적으로 따라오기도 한다. 그럼에도 불구하고 생의 목적과 방향에 대한 주도권이 나에게 있음을 실험하며 자유를 찾아간다는 건 걷고 또 걸으며 내 안의 날카롭던 모서리들을 둥글게 매끄럽게 다듬는 일,

가뿐하게 모서리를 걷고, 경계선을 폴짝 뛰어올라 자신이 가진 최대의 가능치를 확장하는 일이다.

2004년 부산 MBC 아나운서를 시작으로, 2006년에 MBC 26기 공채 아나운서로 입사한 그는 〈PD수첩〉, 〈MBC 뉴스투데이〉, 〈뉴스데스크〉 등 MBC의 주요 보도, 시사·교양 프로그램의 앵커 및 진행 맡으며 간판 아나운서로 활약했다. 시련도 있었다. 방송할 기회가 주어지지 않아서 5년여의 긴 기다림의 시간을 보내야만 했다. 밖은 혼란스러웠지만 안의 시간은 여전히 치열하고 애틋하던 시간이었다.

지금은 MBC를 나와 프리랜서로 활동하며 이전에는 없던 새로운 삶의 지도를 그려 나가는 중이다. 가장 자유로울 수 있을 때 나다워지는 법. 정해진 공식도, 명확한 해답도 없는 이 낯선 길 위에서 그는 자기에게 가장 어울리는 방식으로 편안한 웃음을 되찾는다. 경쾌한 목소리, 편안한 웃음, 반짝이는 눈빛, 기울임의 자세, 누군가의 필요를 감지하는 감수성만으로도 자유를 증명하기엔 충분했다. 이제 그는 선택받는 세계로부터 벗어나 선택하는 위치에 서서 자신의 존재를 재정의한다.

손정은의 자유는 진심이다. 가장 자유롭고 편안한 곳. 숨구멍 같은 제주도 바다 한가운데를 자유롭게 떠다니는 배처럼 바다의 유동적인 흐름 속에서 좀 더 진실한 삶을 항해하고 있었다. 안정적인 자리를 버리고 불안정한 경로에 진입할 용기를 얻게 된 건 내 안에서 일어나는 미세한 흔들림을 외면하지 않았기 때문이다. 스스로 포장하고, 덧칠하는 건 결국 자기에게 족쇄를 채우는 일. 있는 그대로의 자신을 드러내며 자유롭게 삶을 부유하는 쪽을 택했다.

" '과연 이렇게 살아가는 게 맞는 걸까'라는 질문이 강하게 일었어요. 원하는 것을 하고, 원하지 않는 것을 하지 않는 자유를 갖고 싶었고, 어떤 일에 대한 선택의 주체가 되고 싶다는 마음이 강하게 일어났죠."

지난 시절 아나운서의 자리에서 주어진 역할에 최선을 다했다. 그 어느 때보다 일하는 즐거움으로 하루하루가 반짝이던 시절이다. 하지만 스포트라이트가 강렬할수록 자신에게로 향하는 질문의 목록이 늘어났다. 마흔의 문턱에 뉴스데스크 앵커의 자리에 올랐고, 그때쯤 쌓인 물음이 작은 균열을 일으켰다. 여전히 조직 안에서의 자기 목소리 지분율이 기대에 미치지 못함을 아쉬워했고, 앵커의 자리에서 규칙을 깨보려던 노력은 자주 벽에 부딪혔다. 세상이 정한 게임 방식에서 벗어나 새로운 룰을 만들고 싶다는 욕구가 솟아났다. 그렇게 그는 조직에서 벗어났다. 중심을 향해 헤엄치던 두 팔의 힘을 빼고 물결에 몸을 맡긴다. 앞만 바라보며 힘주어 살기보다는 바다를 바라보듯이 사람을, 세상을 그리고 삶을 바라본다.

인터뷰에서 그에게 궁금했던 건 불확실성 가득한 우주를 딛고 일어서는 붕 떠오른 용기, 삶의 굴레에서 벗어나 오롯이 나 자신으로 살아가는 자유, 인생의 필수요건처럼 따라오는 흔들림, 불안을 걷는 그만의 방식이었다. 무르익은 경험, 사유, 배움이 질서 정연하던 대답들. 그 가운데서 포착한 건 기꺼이 나의 감정을, 결핍을, 존재를 왜곡하지 않은 채 솔직하고도 담백하게 담아내는 삶에 대한 진실함, 부수고 깨어지며 단단해지는 여정이 지닌 아름다움 같은 것들이다.

포장하고, 덧칠하지 않은 채 그려 낸 순수하고도 무해한 색채. 흐릿해져 본 사람만이 지니게 되는 단 하나의 분명한 색을 마주하며 세상으로부터 진짜 '자유'하는 법을 배운다. 주어진 삶을 향한 '경외감'과 세상으로부터 '자유'로워지려는 분투가 씨실과 날실처럼 직조된 가장 그녀다운 무늬와 색감. 이는 도전, 용기, 자유, 공헌이라는 또 다른 삶의 장면으로 환원되고 있었다.

새로운 삶의 풍경이 펼쳐진 요즘의 일상이 어떤가요?

2020년 11월에 휴직하고 마음이 이끄는 대로 제주도로 왔어요. 15년 넘게 직장생활하며 몸도 마음도 소진된 상태였거든요. 제주도에서 회복과 치유를 경험하며 자연스레 제주도는 특별한 장소가 되었어요. 요즘엔 주로 서울에서 스케

줄을 소화하며 에너지를 쓰고, 제주도로 돌아와 소진된 것을 채우는 방식으로 살아요. 서울에서 바쁘게 일하다 보면 각박해지고 힘들어지는데 그럴 때마다 제주도에서 삶의 에너지를 충전하곤 해요.

주로 어떤 걸 할 때 에너지가 충전되나요?

한라산을, 바다를 바라보기도 하고, 오름에 오르면서 머리를 식히기도 하고요. 몸을 움직이며 운동도 해요. 어떤 날엔 이런저런 솟아나는 질문을 노트에 끄적여 보거나 책을 읽으며 스스로 돌아보고요. 이런 별것 아닌 활동들이 에너지를 적극적으로 창조해 내요. 운동하고, 산책하고, 책 읽고, 글 쓰는 아주 작은 습관을 매일, 꾸준히 하는 것만으로도 뭔가 채워져요.

일과 쉼의 균형을 이루는 건 한정된 자기 에너지를 소중하게 여긴다는 의미잖아요. 그렇게 에너지를 충전하고, 마음을 들여다보는 게 남긴 건 무엇인가요.

용기요. 뭐든 할 수 있겠다는 삶에 대한 용기였어요. 보장된 미래는 없었고, 코너를 돌면 무엇이 있을지 전혀 알 수 없지만, 용기 내서 나 자신으로 살아가는 건 어떤 건지 찾아보고 싶다는 마음이요. 제주도에서 좀 더 나를 들여다보고, 자연 품에서 회복하며 그제야 복잡하게 얽히고설켜 나를 옥죄던 것들을 내려놓을 수 있었죠.

'용기'라는 것이 마지막에 남았어요. 솟아난 용기는 내 삶을 진지하게 사유하게 해요. '이게 나다운 모습인가?' 질문하면서요. 저울 위에 올려놓고 미리 판단하지 말고, 뚜벅뚜벅 하루하루를 걸어가면 된다는 가르침도 얻었어요.

빠르게 흘러가는 세상의 시간 속에서 나를 증명하느라, 세상의 기준점을 통과하느라 과도하게 에너지를 소비하는 삶. 그렇게 우린 분초를 다퉈 가며 애쓰느라 삶의 방향키를 놓쳐 버리곤 한다.

'이대로 계속 소진될 것인가, 멈출 것인가'의 갈림길에서 그녀는 멈춤을 선택했다. 휴직 후에 제주도로 내려가 새로운 실험을 시작했다. 끊임없이 소모해야만 하는 삶 대신 내 안에서 솟아나는 질문에 의지한 채 멈추고, 채우고 가꾸는 시간을 갖기로 한 것이다.

그렇게 조금씩 차오르던 어느 날 '용기'가 영글었다. 도전할 용기, 기꺼이 거둬 낼 용기, 미움받을 용기, 홀로 설 용기. 좋아하는 마음을 지도 삼아 조금씩 나아가는 용기 말이다. 멈추고 채우던 1년여의 휴식 끝에 MBC라는 울타리에서 벗어나 프리랜서가 되었고, 본격적으로 프리한 노마드 라이프를 시작했다.

MBC 아나운서로 보낸 15년이라는 시간은 짧지 않은 시간인데요. 그만 둘 결심을 이끈 건 무엇이었나요?

15년 동안 MBC에서 경험할 수 있는 건 모두 경험한 상태였어요. 5년이라는 강제적인 휴식 기간을 가지며 마음고생도 했고, 여러 프로그램을 거치며 경험의 마일리지도 어느 정도 쌓았고요. 뉴스데스크 앵커의 자리에 앉기도 했죠.

하지만 '과연 이렇게 살아가는 것이 맞는 걸까'라는 질문이 강하게 일어났어요. 원하는 것을 하고, 원하지 않는 것을 하지 않는 자유를 갖고 싶었고, 어떤 일에 대한 선택의 주체가 되고 싶다는 마음이 강하게 일어났던 때죠.

정점의 자리에서 자신에게 솔직한 선택을 하기가 쉽지 않은데 그만큼 내 안의 소리를 존중했다는 얘기네요.

휴직 기간, 그동안 미뤄 왔던 내적 고민을 집요하게 붙들었던 덕분이에요. 그때 다각도에서 여러 고민을 늘어놓고 답을 찾기 시작했고요. '과연 내가 회사를 떠날 수 있을까?' '앞으로 무엇을 할까?' '난 어떤 사람이지' 등 근원적 질문에서부터 현실적 고민까지 넘나들며 스스로 납득할 만한 답을 찾는 과정을 거쳤죠. 덕분에 떠날 땐 흔들림이 없었어요.

스스로를 향한 집요한 질문 없이는 그 어떤 진보도 없다. 조지 오웰은 "인간이 물질세계는 탐사하면서 스스로에 대해서는 탐사하지 않으려 한다"며 "인간은 자기 삶에서 단순함의 너른 빈터를 충분히 남겨 두어야만 인간일 수 있다"고 했다. 바쁜 현대인들에게 충분한 여백의 시간은 '인간다움'을 회복하는 최소한의 장치일지도 모른다. 그렇게 그녀는 자연의 빈터에서 먼바다를 바라보며 스스로를 탐사하기 시작했다. 충분히 검토하며 삶을 유예할 줄 아는 용기는 탐사가 가져온 결과다.

사각 프레임에 갇혀 있던 그의 시선은 이제 숲과 바다와 하늘을 향한다. 스스로 던진 질문은 자연의 스펙트럼만큼이나 광활했다. 자유롭게 물음에 답을 찾는 과정은 하나의 방식, 하나의 담론에 치우치지 않고 다양한 삶의 형태를 인정하며 자신 안에서 삶의 의지와 성찰의 균형을 맞춰 가는 일이었다. 가장 인간다운 방식으로.

자유로워진 지금, 지난 시절을 돌아보면 어떤 생각이 떠오르나요?

그저 방송이 좋아서, 잘하고 싶은 마음으로 가득 차 있던 시절이었어요. 주어진 것에 최선을 다하며 프로그램에 충실했고요. 즐거운 마음으로, 신나게 방송하던 시절이에요. 정돈된 공식에 맞춰 충실하게 살아가는 방식이었죠. 하지만 프로그램에 대한 주도권은 없었고, 방송이 주어지길, 프로그램에 선택되길 기다릴 수밖에 없는 위치였어요.

그렇게 20~30대를 최선을 다하며 삶에 충실했지만 정작 제 삶에서 솟아나는 '내가 원하는 것은 뭐지?', '좋아하는 건 뭘까?'라는 본질적 질문에 대해서는 고민의 양이 부족하지 않았나 하는 생각이 들어요.

질문이 생겨나고, 삶의 주도권이 필요하다는 생각의 전환이 일어난 건 언제쯤인가요?

마흔이었어요. 정신없이 달리다 돌아보니 마흔이더라고요. 그때쯤 '나도 주체적인 삶을 살고 싶다'라고 생각했고, 스스로 선택하고, 열어 가는 그런 삶에 대한 열망이 강렬해지기 시작했습니다. 그게 뉴스데스크에 복귀해 뉴스를 진행하던 시점이었는데요. 그 자리에서도 여전히 '역할'에만 충실한 수동적인 구조를 벗어날 수 없었어요. 좋아하는 일이니까 최선을 다했지만 마음 한편에 생생한 내 목소리와 날것의 감정이 꿈틀거렸어요. 회사와 사회에서 기대하는 제 모습과 진짜 제가 원하는 모습 사이의 괴리감에 혼란스럽던 시기죠.

그때 우연히 한 인터뷰 기사를 접했어요. 스웨덴 주한 대사의 인터뷰였는데 '내 삶을 타인이 결정하게 놔 두지 마세요'라는 제목의 인터뷰죠. 평소 머릿속에서 머물던 흐릿한 풍경이 정확한 문장으로 또렷해지는 경험이었는데요. '맞아! 내가 원하던 삶은 주체적인 삶'이었는데 하며 반복해 따라 읽었어요. 내 안에서 부대낌이 가장 강렬할 때 그 말을 만난 거예요. 그 경험이 저에게 추진력을 준 것 같아요. 뭔가를

깨달으면 실천하기 위한 효과적인 방법을 고민하는 식으로
치열한 내적 고민이 시작됐어요. '주체적으로 살기 위한 방
법은 무엇일까?' 같은 질문을 품고요.

마흔이라는 나이는 삶 한가운데 뚜렷한 경계선이 되기도
한다. 그때 영감을 주는 말, 사유의 지반을 흔들어 놓는 말.
꽁꽁 얼어붙은 바다를 깨는 도끼 같은 말을 만나면 그 영향
은 깊고 크다. 그에게 불현듯 다가온 말은 '내 삶을 타인이
결정하게 놔 두지 마세요'였다.

원하는 것이 무엇인지 자기 인식이 선명해지자 더 이상
혼란스럽지 않았다. 모호함의 세계에서 벗어나 생각은 명
확하고 단순해졌다. 그 균열은 '용기 있는 결심'으로 결실을
맺었다. 조직으로부터 자유로워지는 것! 손정은은 그렇게
MBC를 떠났다.

프리랜서는 자유롭지만 불확실성도 커지는 위치죠. 불안할 때 자신
을 다독이는 방법은 무엇인가요?

무엇에 좌절하는지 보면 무엇을 원하는지가 드러나는 경
우가 많거든요. 방송이 전부이던 시절이었어요. 카메라 앞에
선 사람이 가장 커 보였고요. 방송으로 증명받고 싶어 최선
을 다하던 시절이죠. 그때는 그게 최선이었어요.

하지만 이제는 방송에만 올인 하지 않아요. 커리어의 여러

가능성을 열어 두게 되었어요. 관점을 바꾸니 자유로워져요. 방송은 삶의 일부분이라는 인식이 강해졌고요. 하나에 매달려 불안해하기보다는 삶의 활력을 가져다주는 일이 무엇인지, 좋아하는 것은 무엇인지 찾아 나서며 조금씩 성장할 수 있는 일에 시간을 할애하게 돼요.

MBC에 있으면서도 다양한 경험을 시도하는 편이었어요. 시사 뉴스부터 예능 드라마, 연극배우의 자리에도 섰고요. 그때부터 자신에게 있는 가능성의 폭을 넓히려는 열정이 가득했네요.

틀을 깬 도전에서 얻는 것들이 분명 있어요. 우연한 기회에 드라마 카메오로 출연하게 되고 그 인연으로 연극까지 가게 된 건데요. 그 순간 참 행복했어요. 그 이유에 대해 생각해보니 아나운서라는 틀 안에서만 있다가 틀을 벗어나 새로운 영역에 발을 디딘 거잖아요. 거기서 오는 카타르시스가 컸어요. 뭔가 새로운 경험을 하고, 틀에서 벗어났다는 점에서 느끼는 만족감과 충만함이었어요.

사회가 정해놓은 견고한 도식을 인지한 순간 튕겨 나가려는 편이죠. 유독 그 고정된 세계를 못 견뎌 하는 편이에요. 그때 깨달았어요. 아! 내가 원하는 건 '자유'구나, 하고요. 살면서 내가 아닌 사회가, 타인이 정해 놓은 도식에 따라 산다는건 더 이상 생각하지 않는다는 것을 의미한다고 봐요. 자유란 에너지를 쏟으며 질문하고 바꾸고 새롭게 설계해 나가는 삶의 능동적 수고를 말하죠.

프리랜서가 된 후에 어떤 시도를 하고 있나요?

좋아하는 마음을 기준으로 영역을 넘나들며 다양한 시도를 하는 중이에요. 프리랜서가 된 후에 제일 먼저 '내가 좋아하는 게 뭐지?'라고 스스로 질문을 던지는 것부터 일의 맥락을 잡아 갔어요.

제주도 바다 앞에 앉아서 좋아하고, 하고 싶은 일의 목록을 쓰기 시작했죠. 목록을 적어 가던 중 '그림 감상'이 떠올랐어요. 아 맞아! 나 그림을 좋아했지! 하면서요. 평소 미술관에 자주 가곤 했는데 그동안 바빠서 잊고 있었거든요. 전시회 오디오 도슨트에 도전해 보고 싶다는 생각에 직접 제안까지 하게 되었어요. 다행히 기회를 만날 수 있었어요.

프리랜서 선언 이후에 그녀의 첫 활동은 그룹 방탄소년단(BTS) 팬들이 기획한 현대미술 전시회 '비욘드 더 신(Beyond the Scene)' 오디오 도슨트였다. 미술은 좋아하는 분야였고, 목소리로 할 수 있는 도슨트의 일은 직접 제안해 기회를 잡았다. 그 경험을 시작으로 미술관 일일 도슨트, 작가 인터뷰 등 새로운 기회를 직접 설계해 가며 문화 예술의 영역에 발을 들여놓았다. 그렇게 좋아하는 일의 목록을 확장해 가고 있다.

좋아하는 일을 따라 재미있는 일들이 가지를 뻗어 나가는 방식에서 진정한 자유로움이 보여요.

사실 저는 '오디오 도슨트'가 하고 싶어서 미술 세계에 입문했는데 생각지 못한 다양한 기회가 이어지는 걸 보고 굉장히 즐겁고 흥미롭다고 생각했어요. 내일 무엇을 할지, 무슨 제안이 들어올지 모르는 불확실한 상황에서 또 다른 세계에 부딪쳐 보는 경험. 이것이야말로 진정한 프리의 세계더군요.

다행히 저는 불확실한 상황이 생기면 두려움보다는 '설렘'과 '긍정'의 회로가 작동하는 편이에요. 덕분에 불확실성 속으로 뚜벅뚜벅 걸어가죠. 설사 잘못된 길일지라도 '그래 이걸 통해서 뭐 하나를 배웠어. 괜찮아!'라는 식으로 의미를 찾으며 다시 용기를 내요. 그 길 끝에는 새로운 기회들이 기다리고 있다는 걸 알게 된 거죠.

긍정적 사고에서 도전에 대한 거리낌 없음과 주체적인 삶의 태도가 엿보이네요. 그런 사고와 태도 덕분에 자신이 지닌 다양한 가능성을 실험할 수 있게 되었다고 느껴요.

하나의 틀에 가두는 걸 경계해요. 사람은 복잡한 다면체예요. 상황에 따라, 환경에 따라 다양한 반응이 일어나죠. 뉴스를 진행하는 아나운서에게 기대하는 이미지가 존재하던 건 사실이에요. 그런 기대에 부합하고자 노력했고요. 하지만 지금은 제 자신에게 솔직해지려고 해요. 덕분에 외부 환경의 변화에 좀 더 유연하게 대처하게 되고요. 그 과정에서 다양한 면이 드러나요. 이게 더 나다운 모습이죠.

종종 인스타그램 피드에 업로드하신 걸 보면 예술, 책, 만남, 운동, 사유 등 스펙트럼이 다양해요. 호시탐탐 즐거울 기회를 찾아다니는 듯 도전과 모험에 개방적이고요. 근래 나다웠던 모험과 도전의 경험은 무엇인가요.

국립현대미술관에서 개최된 '게임 사회' 전시회 소개 영상 촬영이요. 넓은 전시회장 곳곳을 다니면서 라이브로 직접 전시회를 설명하는 콘셉트였는데, 촬영 내내 자유롭게 진행하는 과정이 정말 신나는 일이었어요. 방송이라는 틀에서 벗어나 즐기고 있다는 생각이 들었거든요.

텍스트를 읽는 방식이 아닌 자유롭게 이야기를 꺼내는 방식에서 자연스레 제가 드러날 수밖에 없잖아요. 그리고 보면 저는 좋아하는 것을 누군가에게 조곤조곤 설명해 주는 과정을 즐기는 사람이라는 걸 알게 됐어요. 새로운 시도마다 '난 이런 것을 좋아하는구나!' 알아 가는 거죠. 그런 면에서 이 프로젝트가 저다운 모습을 발견한 일 중 하나였어요.

일이든 삶이든 기존 방식을 뛰어넘어 어떤 틀을 깨 가는 과정은 자기를 찾는 과정이기도 해요.

겉으로 잘 포장되어서 멋져 보이는 '틀'을 비껴 가는 일은 짜릿해요. 정해진 틀을 변주해 저만의 방식으로 새로운 판을 짜 나가는 과정은 자기다움을 발견해 가는 좋은 방법이죠.

좋아하는 마음을 따라 자신이 가진 재능을 새롭게 조합하는 방식은 삶을 변주하는 가장 창조적인 방식일지도 모른다. 그 이면에 필수적으로 따라와야 하는 건 기꺼이 나를 열어두는 것. 이전의 틀에 자신을 가두지 않은 채 실험하고 도전하는 경험으로부터 나를 둘러싼 세계는 확장된다.

그가 선택한 프리랜서로의 '자리바꿈'은 다르게 일하는 방식을 가능케 했다. 그렇게 그는 일을 자유롭고 즐거운 영역으로 끌어들였고, '무엇이 주어졌느냐'가 아닌 '주어진 것을 어떻게 활용하느냐' 방식으로 오늘에 스포트라이트를 비춘다.

고정된 틀과 이전의 방식은 거부한 채 다른 방식으로 새로운 분야에서 즐거운 모험을 하며 호기심과 설렘을 따라가는 그녀의 방식은 그동안 펼치지 못하던 잠재력을 발굴하고 재능을 확장해는 또 다른 탁월함이었다. 끌리는 일과 좋아하는 일은 자기만족을 넘어 그 일 뒤엔 또 다른 여럿의 일이 찾아오도록 한다. 그리고 그건 단순한 결과가 아닌 새로운 행로의 시작점이다.

프리랜서로서의 독립이든, 새로운 분야에 대한 도전에든 '용기'가 필

요하잖아요. 그 용기의 원동력은 뭐라고 보세요?

타인의 시선에서 자유로워지는 것이요. 남이 나를 어떻게 평가할까에 비중을 두면 선택의 폭이 줄어들어요. 도전할 수 있는 영역의 범위도 줄어들죠. 이젠 타인의 시선보다는 '어떤 선택을 해야 내가 행복하지?'를 우선에 둬요. '이 정도 수준의 일은 해야지'라는 일의 경중을 따지지도 않고요. 어떤 일이든, 남들이 뭐라고 하든지 '이걸 하면 행복하겠다'라는 생각이 들면 선택해요. 선택하는 기준이 달라지니 시야가 훨씬 열려요.

타인으로부터 자유로워지려면 탄탄한 내공이 필요해요. 내공은 어디에서 온다고 보세요?

자신에 대한 합리적인 자신감이 중요해요. 타인의 관심에 완벽히 초연해질 수는 없지만 타인의 시선과 자기 인정 사이의 균형을 찾는 건 결국 자기 몫인 거예요. 스스로 찾아내는 수밖에 없어요. 사실 방송을 못 하게 되면서 무너진 자존감은 쉽게 회복되지 않았어요. 그때 제가 찾은 방법은 휴직하고 잠시 멈추는 시간을 가진 거예요. 휴직 기간을 자연 앞에서 여유롭게 나를 돌아보는 시간, 몸을 회복하는 시간, 배움의 시간으로 채웠어요.

결국 조금씩 회복의 길에 들어섰던 건 하루하루 알차게 보내는 시간, 루틴을 안정화한 것이었어요. 루틴은 나를 함부로 하지 않겠다는 다짐 같은 거거든요. 바닥난 자존감을 끌어올리고 저의 내면을 채울 수 있는 시간이었죠. 그런 방식으로 자존감이 회복되면 타인의 시선도 적당히 차단돼요. 외부로 향하던 시선은 이제 나를 향해요. 내가 가진 힘은 어느 정도인지, 가능성을 찾아보죠. 어떨 때 즐겁고 어떨 때 행복한지 나에 대해 더 많이 생각해요.

잘 정돈된 자기계발서를 읽는 것처럼 맞장구치며 고개를 끄덕이게 되네요.

네. (웃음) 저 자기계발서 많이 읽어요. 평소 부족하다는 생각에 더 잘하고 싶은 마음이 늘 따라다녔어요. 그럴 때마다 책을 자주 꺼내보는데요. 제게 좋은 영향을 미친 책들이 있어요. 좋은 습관, 바람직한 삶의 태도를 생각하게 했죠.

먼저 제임스 클리어가 쓴 《아주 작은 습관의 힘》이라는 책에는 2분의 규칙이 나오는데, 매일 2분만이라도 행동으로 실천해서 습관으로 만드는 게 중요하다고 강조해요. 거창한 결심이나 대단한 노력이 아니라 '단 2분'이라니 그건 할 수 있겠더라고요. 너무 위안되었어요. 이렇게라도 내가 매일 무언가를 꾸준히 할 수 있다면 10년 후엔 뭔가 달라질 수 있겠다며 내일에 대해 기분 좋은 상상을 하게 하더군요.

아들러의 심리학을 담은 《미움받을 용기》도 신선한 자극을 줬어요. 그 책에는 "과거도 미래도 아닌 현재에 강렬한 스포트라이트를 비춰라"라는 말이 나와요. 스포트라이트를 받으며 살던 제게 그 문장은 더 강렬하게 다가왔어요. 아주 사소한 일이라도 내 머리 위에서 강렬하게 내리쬐는 스포트라이트를 상상하며 오롯이 이 순간에 집중하려고 애쓰게 되었어요. 앤젤라 더크워스의 《그릿》도 소개하고 싶은데요. 이 책에서 끈기 있게 뭐든 끝까지 해 보는 것의 힘을 발견해요. 포기하고 싶은 순간 한 발짝 나아가게 하죠.

손정은은 불완전, 모름, 부족함을 서슴없이 툭 털어놓고 쿨하게 나아갈 방향을 모색했다. 실천하고, 실패하며, 돌보고 어루만지며 다시 일어서는 방식에서 생의 의지, 열정을 읽는다. 독일의 자기계발 전문가 도리스 메스틴은 《엑셀런스》에서 탁월함이란 더 나아지려는 투지와 습관이라고 이야기한다. 더 나아지려는 마음으로 읽은 수많은 삶의 지침서의 문구를 줄줄 외던 그녀 앞에서 쉽게 결론 내고, 미리 단정해 버리는 스스로를 돌아봤다. 결말이 미정인 상태를 조바심으로 바라보기보다는 열려 있는 가능성으로 받아들이는 것. 아직 끝나지 않은 우리의 먼 이야기들을 상상하며 과정으로 존재하는 '현재'에 좀 더 너그러워지게 된다.

일터에서 '주도권'을 가지려면 필요한 건 뭐라고 보세요?
나만이 가진 특별한 콘텐츠가 중요해요. 최근에는 예능에서 여성들이 활약하는데, 이전에는 여성 진행자가 설 자리나 기회가 많이 없었어요. 이제는 여성 예능인을 전면으로 내세우는 프로그램이 대세를 이루잖아요. 그들의 콘텐츠가 대중의 박수를 받기 시작했어요. 뉴스도 마찬가지예요. 실력과 콘텐츠가 밑받침되면 진행의 주도권은 누구에게나 열려 있다고 봅니다.

무의식에 쌓인 것을 인지하는 게 변화의 시작이라 한다면 스스로 가장 먼저 떨쳐 내려 한 편견이나 고정관념이 있나요?

한동안 남녀 구도 자체에 몰두한 적이 있었어요. 어떤 본질에 대한 관심은 구조의 변화에 대한 열망으로 이어지곤 하잖아요. 남녀 문제, 구조, 사회의 모순에 분노로 반응했는데 지금은 자유로워졌어요. 이젠 본질에 집중하게 돼요. '이런 걸 깨 봐야지', '뭐를 보여 줘야지' 라는 방식이 아닌 모든 프레임에서 벗어나 나부터 실력과 인격을 갖춰서 건전하고 건강하게 살자는 쪽으로 방향을 잡았어요.

모순 가득한 현실이지만 그 안에서 내가 할 수 있는 일을 차근차근 하겠다는 의미로 들려요. 지금은 어떤 삶의 계획이 있나요?

'내가 정말 원하는 건 이거야'라는 걸 깨닫게 되면 내 앞의 난관이나 모순을 인정하게 되고 그 안에서 지금 내가 할 수 있는 건 뭔지를 찾게 되잖아요. 그 구체적인 할 일에 저는 좀 더 집중하고 싶고요. 현재 계획이라고 한다면 내공과 인격을 쌓기 위한 다양한 시도와 도전을 해 나가는 거예요.

어떤 수준의 일을 하고, 이런 방송을 하고, 얼마의 경제적 성과를 이루고, 성공하고 이런 것들이 이젠 중요하지 않게 되었어요. 10년 후를 보장할 수 있는 유일한 근거는 오늘의 자신이라고 생각해요.

내 마음을 잘 돌보며 오늘을 충실히 살며 실력과 인격을 다져 나갈 계획입니다. 그렇게 50대가 되면 세상에 더 많은 것을 나누고 싶고요. 도움이 될 수 있다면 제가 가진 경험을 후배들과 세상과 나눌 기회를 마련해 보고 싶어요.

'나'로 출발한 이야기가 '나눔'으로 이어지네요. 그렇게 모두 밀접하게 연결되는 것 같아요.

가끔 SNS를 통해 질문을 받아요. 아나운서 지망생이나 대학생들처럼 후배들이 조언을 구하곤 하는데요. 그럴 때 나와 세상은 연결되어 있음을 실감해요. 좀 더 내 안에 것들을 쌓아서 나누며 살자고 다짐하게 돼요. 조용히 묵묵히 내공을 쌓다 보면 자연스레 기회가 올 거라고 봐요. 충분히 나눌 수 있도록 지금은 진실하게 쌓는 일에 최선을 다하고 싶어요.

세상이 정한 안전한 공식을 비켜 갈 때마다 수없이 조급해하고 낙담했다. 타인의 기준을 맞추느라 애쓰고 애쓰며 마모되고 소진됐다. 이렇게 할까, 저렇게 할까 선택지 앞에 설 때마다 내 삶의 주어는 늘 세상이었다. 어쩌면 인생은 수많은 자극 앞에서 제대로 반응하는 법을 터득해 가는 과정일지도 모른다.

손정은은 자극과 반응 사이, 여분의 공간에 충분히 머무른다. 자극의 출처를 탐색하고, 검증하며, 따져 볼 수 있는 공간에서 단단히 뿌리박힌 규율, 편견, 패턴들을 다시 수정하고 고치며 자신만의 문장을 완성해 간다. 이것이 자극에 반응하는 그녀만의 공식이다.

듣다 보니 삶에 대한 진지한 고민의 흔적이 두툼히 쌓인 듯 보여요.

아마 그만큼 좌절하고 절망에 빠지고 아파 봤다는 증거이지요. 아버지가 돌아가신 지 4년 정도 되었어요. 가까운 사람의 죽음은 인생을 다른 시각을 바라보게 만들어요. 언제 죽음이 가까이 올지도 모르니 그럴수록 오늘 하루 솔직하고 진실하게 살고 싶다는 마음이 진해진 것 같아요. 앞에 놓인 하루하루가 숭고해요. 정성스럽게 살아가야죠.

대화 곳곳에 '긍정 에너지'가 묻어나요. 긍정 에너지의 근원은 무엇인가요?

나를 둘러싼 다정한 사람들이요. 제 곁에 있던 사람들은 가족이든, 선배든, 동료든 친절하고 다감했어요. 덕분에 세상이 긍정으로 채워지네요. 저 또한 누군가의 다정한 사람이 되고 싶다는 마음이 전염되었고요.

이 마지막 질문까지 오는 내내 한결같이 다정한 모습에 마음 터놓고 얘기를 나눈 듯해요. 밤이 늦었네요. 앞으로의 계획이 있다면 알려 주세요.

현재는 구체적인 계획이라는 것을 세울 수 없어요. 지금 주어진 것에 최선을 다하는 방식, 다양한 경험을 확대하는 방향으로 나아갈 거예요. 방송 콘텐츠 면에서는 인터뷰 콘텐츠에 마음이 가요. 누군가의 삶, 업적 이야기도 들어 보고 삶의 이야기를 들을 수 있는 인터뷰 콘텐츠에서 경험을 더 쌓고 싶어요. 새로운 것에 도전하며 기대하고 설레는 마음으로 하루하루를 살자는 게 제 계획입니다.

자유로운 사람은 자신의 이야기를 자유롭게 말하는 사람이다. 자기에게 가장 어울리는 목소리 톤, 표정, 어휘, 속도로 자신을 둘러싼 세상을 자유롭게 말한다는 건 세상을 또렷하고 선명하게 만드는 일일지도 모른다. 그렇게 손정은은 자유롭게 사는 동안에 스스로 자기답게 만들어 간다. 함께 나누며 맞잡은 두 손으로 흐르는 이야기에 세상은 좀 더 또렷해진다.

어제보다 더 성장하려는 의지, 그 이야기를 누군가와 나누려는 진심이 어우러진 삶의 기록. 듣고 기록할 이야기가 많아질수록 그녀의 건강함이, 건전함이 상쾌했다. 전염은 강했다. 삶의 의욕, 잠자던 내 안의 긍정성이 새록새록 되살아났다. 든든했다. 이런 사람이 있다는 사실만으로도.

어떤 과거든, 어떤 현재든 모든 삶은 아직 끝나지 않은 이야기다.

나와 타인에게 다정한 감수성

손정은 아나운서와의 인터뷰가 있던 날, 그와 나는 각자의 터전에서 가장 충실한 방식으로 하루를 보낸 후에 늦은 저녁 얼굴을 마주했다. 함께 손은 맞잡고 세상이 더 나아지기를 원하는 마음을 주고받으며 질문과 답의 시간을 이어 가는 사이, 그녀에서 흘러나오는 질문과 답은 내 안에서 이런 문장을 향하고 있었다. '다정함은 나 자신을 대하는 다정한 태도에서부터 시작된다'.

나에게 다정함이란 내게 중요한 것이 무엇인지, 내가 좋아하는 것은 어떤 건지 알아채고, 과거나 미래를 헤아리느라 오늘을 무심코 흘려보내지 않는 것이다. 내 안에 작고 소소한 기쁨 같은 것들을 소중히 하는 것, 좋아하는 일을 끝까지 한번 해 보는 것, 내 몸을 돌보는 것, 사색과 쉼이라는 여백의 시간을 충분히 갖는 것, 세상의 잣대로 자신을 재단하지 않는 것, 타인의 필요를 외면하지 않는 것.

누군가의 삶에 귀 기울이다 보면 자기 자신의 삶도 들여다보게 마련이다. 올바른 방향으로 걸어가는, 가장 나답고 씩씩한 걸음에 덩달아 삶의 용기가 샘솟는다. 밝고 씩씩하고 건강한 삶의 태도는 또 다른 다정함이다. 그녀의 따뜻한 호혜를 입게 된 후에 나 자신에게 좀 더 친절해지고 싶어졌다.

늦은 밤까지 이어진 대화는 화기애애하고도 천천히 흘렀다. 말보다 웃음이, 질문과 답 사이 생각의 여백이 충분했기 때문이다. 여백과 공간 사이, 단단히 박힌 삶을 자기 뜻대로 개척해 가려는 의지가 곳곳에 뿌리내려 있었다.

누구나 싸워 움켜쥐고, 올라가 도달하려는 팽팽한 시대에 좋아하는 일에 기꺼이 용기 내어 소소한 일에 충실하며 어제보다 조금씩 나아지는 자신으로도 충분해하는 방식! 그렇게 느슨하지만, 자기만의 방식으로 진정한 자유를 향해 나아가는 시간에 기대가 가득 찬다.

자기 자신을 향한 감수성을 갖춘 사람은 결코 세상의 흐름에 휩쓸리지 않는다. 이들이 진정으로 해방으로 나아갈 수 있는 이유는 자기 삶이 그 어떤 것보다 더 소중함을 잘 알고, 세상 속에서 자기만의 방식으로 스스로 격려하기 때문이다. 스스로 격려하고, 자기 마음을 돌보는 일이란 힘겹게 오늘을 살아가는 자기 마음에 전하는 안부 인사 같은 것이다. 스스로 다정할 때 비로소 서로 다정해진다.

아직 끝나지 않은
우리의 먼 이야기들을 상상하며
과정으로 존재하는

'현재'에 좀 더
너그러워지게 된다.

작가
오소희

04

지적인 경험주의자. 질문하고 사유하며 내 안의 목소리에 귀 기울이는 구도자적 삶을 지향한다. '아이와 함께하는 세계여행'이라는 새로운 여행 장르를 개척한 여행작가이자 엄마 작가. 《바람이 우리를 데려다주겠지》, 《욕망이 멈추는 곳, 라오스》, 《그러므로 떠남은 언제나 옳다》, 《엄마, 내가 행복을 줄게》, 《엄마의 20년》, 《엄마 내공》, 《떠나지 않고도 행복할 수 있다면》 등을 썼다. 과거의 자신처럼 스스로 성장하길 원하는 여성의 소통 창구인 〈언니공동체〉를 이끌며 전국각지 여성의 공동체 활동과 성장을 독려한다.

작가
오소희

존재를 증명하는 한 걸음

세상을 향해 스스로 걸음을 떼고, 한 발짝 내딛던 날이 떠오른다. 어딘가 균형을 잃어버린 채 기울어져 있었다. 기운 걸음은 매끄럽지 못했고, 덜그럭거렸다. 애써 균형을 맞추려다 기울어진 채 용기 내기로 했다. 그렇게 내 안의 요구는 한 발짝 용기가 되어 세상으로 한 걸음 나아갔다. 거리를 걷는다는 건 읽기와 살기를 연결하는 일이라는 리베카 솔닛의 말대로 걸으며 세상과 존재를 연결했다. 존재를 둘러싼 미궁의 의미가 선명해지도록 길 위에서 발견한 것을 꾹꾹 눌러 밑줄 그었다.

두 아이를 끼고 성실한 시간을 살던 시절, 빈틈이라곤 찾아볼 수 없고, 무언가 끼어들 작은 틈조차 허락지 않는 촘촘한 시간 사이로 정작 스스로에 대한 기대와 희망은 자취를 감췄다. 그 모습이 꼭 낡은 건물 화장실에 걸린 빛바랜 그림 액자 같다고 생각했다. 서로 연결되지 않은 선, 바닥에 나뒹구는 나뭇잎, 어긋한 시선이 그려진 낡고 빛바랜 수채화가 맥락 없이 화장실 공간 한쪽 구석을 차지한다. 어울리지 않았고, 어색했다. 그림이라기보다 허전한 벽을 메우는, 쓸모를 잃고 무용해져 버린 사물.

읽다가 덮어 둔 책을 다시 펼친다. 페르난두 페소아가 《불안의 책》에서 말한 것처럼 어떻게 살아야 할지 모르는 이는 바로 나였고, 어느덧 체념, 단념, 관조는 삶의 한 축으로 자리 잡았다. 체념한 채 허물어지던 그때, 허우적허우적 무작정 걷기 시작했다.

'어떻게 살아가야 할까?' 걷던 길 위에서 곧 끝나 버릴 마침표 대신 어디론가 이어질지도 모를 물음표 하나가 피어났다. 명확한 형체가 드러날 때까지 물음표를 품고 걷고 또 걷던 시간. 모호하던 삶의 윤곽이 조금씩 드러났다. 넓은 우주 공간에 덩그러니 홀로 뚝 떨어진 듯한 고립감이 밀려올 때, 소진된 체력이 부정적 감정을 유발할 때, 감정과 기분이 아이를 대하는 태도가 되어 갈 때, 유아차를 밀며 무작정 밖을 걸었다. 10분, 20분, 30분. 체감하는 삶의 무게만큼 걸음이 쌓이자, 몸이 점점 가벼워졌다. 그리고 1시간, 2시간, 걷는 걸음마다 잃어버린 존재가 도착했다. '살아 있음'을 '지금 여기에 존재함'을 증명하는 걸음.

어떤 날은 아이의 유아차에 너덜너덜해진 마음 한 자락을 걸쳐 끌고 이리저리 다니며 하루를 버텨 낸다. 큰아이를 학교에 보내고 좀 일찍 유아차에 둘째를 태우던 어느 날, 9시가 채 되지 않은 시각의 거리는 등교하는 아이들과 차들로 북적였다. 터덜터덜 걷다가 조금 한산한 길 건널목, 신호등 앞에는 등교를 돕는 자원봉사 어르신들이 노란 조끼를 입은 채 '정지' 깃발을 들고 서 있었다. 신호가 바뀌자, 한 어르신이 횡단보도 안쪽까지 들어와 유아차를 향해 손짓했다. "천천히 오세요"

어르신은 연신 주변을 두리번거리며 멀리 다가오는 차를 향해 온몸으로 유아차를 미는 엄마와 유아차를 탄 아이의 안전을 지켜 냈다. 5초 남짓한 짧은 시간에 사르르 작은 따뜻함이 차분히 내려앉았다. '어쩜 이리 다정하실까'라며 굳고 마른 입가에 미소가 가득 채워졌다. 존재를 존중받은 안도감, 어르신에게 할 일을 드린 것 같은 뿌듯함이라는 기분 좋은 감정이 길가에 핀 진달래처럼 피어났다. 낡은 유아차, 아기, 엄마. 길에서 이토록 소중해진 적 있던가. 고개 숙여 진심으로 감사 인사를 건넸다. '당신의 작은 최선이 저에겐 큰 위로가 되었다'고. 마음을 담아서.

누군가가 건넨 찰나의 다정함이 하루를 얼마나 근사하게 만들 수 있는지를 깨달았다. 길을 걸으며 발견한 건 그런 사소한 다정함의 가치다. 유아차에 탄 아이에게 이웃이 건네는 따뜻한 눈웃음이 얼마나 힘이 되는지, 앞서 달려가 문을 열어 주는 친절함이 얼마나 큰 위로가 되는지, 먼저 건네는 '안녕하세요'라는 인사가 얼마나 살맛 나게 만드는지.

집 앞 산책로는 오래 걷기에 적합했다. 스피커로 흘러나오는 음악이며 우거진 나무 덕분에 오래 걸어도 지루하지 않은 공간을 1시간이고 2시간이고 하염없이 걷게 된다. 그럴 땐 미세한 신호가 이는 걸 감지하며 걷는다. 두 발로 존재를 확인하려는 듯 오래도록 매일매일을.

외로움의 자갈이 밟히고, 불안 같은 진흙이 질퍽질퍽해도 멈추지 않고 걷는다. 걷다 보면 머리는 가벼워지고, 구석 어딘가에 묻혀 있던 밝은 마음이 수줍게 고개 내민다. 잃어버린 줄 알았던 밝고 깨끗한 마음이 아직도 내 안에 존재함을 발견하자 안도감에 깊은숨이 내쉬어진다.

삶으로의 여행은 삶의 순간에 내딛는 작은 걸음으로 이뤄진 것이며, 중요한 건 지금, 여기에 존재하는 이 한 걸음이라는 에크하르트 톨레의《삶으로 다시 떠오르기》에 담긴 한 구절을 읊조리며 걷다가 하늘을 올려다본다. 살아 있음을 느끼게 하는 감동은 바로 거기에 고개만 들면 보이는 그날그날의 하늘에 있었다. 하늘만 올려다보아도 행복할 수 있다는 어쩌면 당연하고도 쉬운 사실을 걸으며 깨닫는다.

길 위에서 발견한 것을 떠올리자, 입가에 작고 엷은 미소가 번진다. 횡단보도의 다정한 이웃, 풀 한 포기, 꽃잎 한 장, 마른 나뭇잎, 왕왕 짓는 강아지들, 맑은 하늘, 공원의 소란스러운 음악에 맞춰 정오의 체조를 즐기는 사람들. 오히려 조금은 별것 아닌 순간이 웃는 나를 깨운다. 비로소 웃는 내가 되살아난다. 걷다 마주한 것들이 깊은 곳에 잠들어 있던 생의 감각을 자극한다. 듣고, 만지고, 보고, 맛보고 감각할 수 있게 되자 삶은 또 다른 깨달음으로 이어졌다. '지금, 이 순간'을 감각하는 법을, 일상의 찬란함을 온전히 누리는 법을, 삶을 음미하는 법을 배운다. 그렇게 스스로 내디딘 작은 걸음에서 나답게 살아가는 법을 배워 간다.

오전 10시면 어김없이 현관문을 연다. 씩씩하게 연 건 문이 아니라 삶이다. 용기 있는 이 한 걸음으로 얻은 삶, 다정한 세상.

다정한 연대, 성장하는 공동체

어떤 배움은 떠나야만 가능하다. 여행자라는 인류의 본능에 따라 삶의 순간순간 각기 다른 방식으로 여행하듯 사는 삶이 오소희 작가의 배움 방식이다. 그녀는 아이와 함께 떠난 세계 여행자로, 일상 여행자로, 내면 여행자로. 여행하듯 삶의 매 순간을 통과하며 세상을 배운다.

그 배움의 중심은 늘 사람을 향한다. 여행자는 어쩌면 새로운 곳으로 떠나는 사람이 아니라 새로운 무언가를 찾고 발견하고 깨달아 가는 사람일지도 모른다. 세계여행과 일상이라는 여행에서 깨닫게 된 것들, 자기 안에 새겨온 그녀의 생생한 기록이 어느새 이야기가 되어 말을 건넨다.

그녀가 걸어온 여행길, 살아 낸 삶, 흘려보낸 시간에 차곡차곡 쌓인 이야기를 펼쳐 본다. 3살이던 아이를 데리고 터키, 라오스, 남미, 아프리카 등 세계 구석구석을 누빈 이야기를 담은 《바람이 우리를 데려다 주겠지》, 《욕망이 멈추는 곳, 라오스》, 《그러므로 떠남은 언제나 옳다》, 아이만 돌보다 자신은 돌보지 못하는 대한민국 엄마를 향한 현실 조언이 담긴 《엄마의 20년》, 《엄마 내공》, 머묾과 떠남 사이에서 집과 여행의 의미를 다시 묻는 《떠나지 않고도 행복할 수 있다면》, 어른을 위한 동화인 《살아갈 용기에 대하여》 등 그가 쓴 이야기에는 온전히 자신과 마주한 시간에 마음에 남은 세상의 모습이 고스란히 담겨 있다.

이야기는 깊고 넓은 바다와 같아서 그 안에 서면 마음속 깊이 담아 둔 것을 펼쳐서 드러내고 싶어진다. 앞이 캄캄해질 때, 멈춰 있고 싶을 때, 기대고 싶어질 때마다 다가가 너른 바다 앞에 선다. 때론 위로의 파도로, 다정한 바닷바람으로 불안해 들썩이는 어깨를 감싼다. 덕분에 상처를 추스르고, 허리를 바로 세운다.

지구 반대편까지 달려갔다가 돌아온 오소희 작가는 이제 또 다른 여행을 시작했다. 여행자로서의 발걸음을 멈추고 머묾과 떠남, 집과 여행의 의미를 되묻는다. 언제 어디에 머무르든, 자기만의 세계를 가꾸는 법을 탐구한다. 여성들과 두 손을 맞잡고 연대하며 삶을 나눈다. 그렇게 외롭던 존재들은 하나가 된다.

"엄마라는 자리는 제대로 여행하는 법을, 제대로 세상과 관계 맺는 법을, 월반하듯 깨치게 해 줍니다. 여행만 엄마를 월반시킬까요? 임신, 출산, 육아라는 강도 높은 인생 수업 과정에서 엄마들은 어마어마한 인류애적 성장을 합니다. 넓어지고 깊어지고 따스해지죠. 그 성장은, 엄마가 이후에 무슨 일을 하든 거대한 자산이 되어 줍니다"

여행작가 오소희는 지금은 여성들의 든든한 멘토 '소희 언니'로 더 잘 알려져 있다. 언니 공동체에서 언제 어디에 머무르든, 자기만의 세계를 가꾸자며 연대하고 소통을 이끄는 멘토로 활약한다. 주로 글을 쓰고, 함께 나누며 서로 성장을 부추긴다.

'그 언니의 방'이라는 네이버 프리미엄 콘텐츠 채널에서는 30~40대 여성이 품은 상처와 치유 과정을 이야기한다. 그곳에 소개되는 실감 나는 사례들은 여성의 주체적인 삶을 찾는 길잡이가 되고 있다.

"한층 치열하고 빠르게 흘러가는 세상에서 점점 더 '생각하는 힘'을 잃어버리게 된다는 게 문제예요. 이건 나를 잃어버리는 일이기도 하거든요. 생각하는 힘과 나를 잃어버리지 않기 위해서 공동체에서 함께 이야기를 나누며 꼭 필요한 '질문'을 찾고 있어요"

그는 서울 종로구 부암동에 생애 첫 집을 지었다고 했다. 집 1층에는 '부암살롱'이라는 이름으로 공동체를 위한 공간을 나누고, 스스로에게 이르는 길을 찾는 사람들의 여정을 함께한다. 북토크, 요가 수업, 글쓰기 모임 등이 열리는 날이면 살롱 문틈으로 새어 나오는 웃음소리에 또 다른 여행지를 탐험하듯 일상이 주는 기쁨을 만끽한다고 했다.

그와의 인터뷰는 언니 오소희와의 내밀한 인생 상담과도 같았다. '어떻게 아이를 키울 것인가' 하는 질문은 '어떻게 살 것인가'로 이어졌고, 내 삶을 자유롭게 여행하는 법, 연대의 가치를 주고받는 사이 나로 존재하는 방법 등을 스스로 발견할 수 있던 시간이다. 함께 대화를 나누며 솟아오르는 내 안의 질문은 어느새 나다운 답을 찾아간다. 든든한 언니의 힘차고 다정한 응원만으로도 걸어갈 힘은 충분했다.

에디터로 살면서 질문에 답하는 누군가의 목소리에 자주 반응하게 된다. 그런 내게 유난히 오래도록 기억에 남는 목소리가 있다. 오소희 작가의 목소리가 그랬다. 인터뷰 전에 수화기 너머로 들려오는 목소리, 본격적인 인터뷰가 시작된 후에 들려오는 여러 갈래의 목소리가 인상적이었으니까.

가늘고 청량한 목소리는 단단하고 묵직한 힘으로 나아갔다. 분명한 설명이 필요할 때는 또박또박 선명해지고, 강조하는 부분에서는 한층 굵고 단단해졌다. 목소리만큼 다채로운 삶의 방식을 만들어 낸 그녀의 도전과 용기. 그녀의 이야기 하나하나에 깃든 저마다의 목소리를 확인하고 싶어졌다. 가장 궁금하던 '언니공동체' 이야기로 말문을 열었다.

'언니공동체' 플랫폼 소개글에 적힌 '새로운 여성들이 나타났다! 나를 먼저 키우고, 그 힘으로 우리를 키우는 여성들'이라는 글에 깊이 공감했어요. 어떻게 시작하게 되셨어요?

꾹꾹 담아둔 여성의 욕구를 발견하던 데서 시작된 거예요. 결혼하고 아이를 키우며 제가 불편하던 건 '엄마'라는 단어 안에 규정된 잘못된 엄마의 역할이었죠. 이전 세대로부터 그대로 답습된 엄마의 역할, 그리고 거기에 자본과 경쟁의 이데올로기가 합세하면서 요즘 엄마들은 더 힘겹게 엄마의 역할을 감당해 내고 있다는 걸 발견했거든요. 하지만 질문하지도 않고, 문제를 제기하지도 않더라고요. 질문하고 싶었고, 여성에게 바꿔도 된다고 말해 주고 싶었어요. 함께 변화시켜 보고 싶은 마음도 들었고요.

오소희 작가는《엄마의 20년》출간 이후에 여성들의 활동 플랫폼인 '언니공동체'를 만들고, 그곳에서 머리를 맞대며 다양한 고민을 함께 풀어 가고 있다. 여성으로 경험한 지혜를 나누는 새로운 공유 모델을 만들어 낸 것이다. 벌써 회원이 5,500명을 넘길 정도로 규모는 커졌다.

이들은 함께 글을 쓰고 운동한다. 마켓과 페스티벌을 열고, 웹진도 발행한다. 이 모든 게 멤버들의 자발적인 참여로 진행된다니, 그 자발성은 더욱 단단하고 끈끈한 연결을 가능케 한다. 다양한 생각과 마음을 나누던 전국 각지의 여성은 단단하고 안전한 공동체 안에서 나를 찾고, 연대하며 또 하나의 담론을 펼쳐 낸다.

'언니공동체' 안에는 많은 이야기가 있더군요. 솔직한 나의 이야기가 다른 누군가의 이야기로 이어져 단단한 연대가 일어나는 것을 보고 특별한 에너지를 느꼈어요.

여성에겐 공동체와 연대 의식이 필요해요. '나' 중심에서 '우리'를 중심에 둔 경험은 관점을 완전히 바꿔 놓기도 하잖아요. 어쩌면 피로한 경쟁 사회에서 공동체의 경험은 좀 더 넓은 시야로 '우리'를 환기해 내는 신선한 힘이 돼요.

아이가 어릴 때를 이미 경험한 사람들은 '내 아이'만이 아닌 '우리 아이들이 살아갈 세상'을 선택하게 만들고요. 저도 그런 경험을 했어요. 함께 나누는 이야기에서 더 깊은 층위의 본질을 삶에서 찾게 되고, 변화가 일어난다고 생각해요.

공동체에서 주로 다뤄지는 이야기의 맥락은 무엇입니까. 여성들은 어떤 생각과 고민 안에서 분투하며 살아간다고 보세요?

스스로를 찾고, 자기 세계를 정성껏 가꾸고 싶어 해요. 세상이 한층 치열하고 빠르게 흘러가고 있어요. 문제는 점점 더 '생각하는 힘'을 잃어 버리게 된다는 거예요. 이건 나를 잃어버리는 일이기도 해요. 공동체에서 함께 이야기를 나누며 우리에게 꼭 필요한 '질문'을 찾고 있어요. 나를 찾기 위한 과정이죠. 기혼이든, 비혼이든, 자녀가 있든 없든 누구나 자기만의 독자적인 세계가 있어요. 그 세계를 잘 가꿔야만 세상과 조화롭게 지낼 수 있다고 봐요. 행복한 삶은 잘 가꿔진 나의 세계로부터 시작되니까요.

직접 코칭하시는 '나를 찾는 글쓰기 모임'에 관심이 갔어요. 글을 쓸 때 어떤 점을 강조하세요?

글쓰기 수업은 무척 많아요. 글을 쓰는 스킬이나 방법은 어디에서도 접할 수 있고요. 제가 글쓰기 모임에서 전하고 싶은 건 각자 자기 안에 가두고 묻어 둔 본질이에요. 나는 누구인지, 내가 좋아하는 건 무엇인지, 무엇이 나를 성장하게 하는지. 나 자신을 이루는 근원을 발견하고 알아가는 게 중요하다고 봐요. 저는 그것을 일깨울 수 있도록 이끌어 주는 역할을 하고 싶어요. 결국 본질을 꿰뚫는 일은 각자의 힘으로 해야 하는 거고요.

오소희 작가는 '언니공동체'에서 10여 명의 멤버와 '나를 찾는 글쓰기 모임'을 한다. 거쳐 간 회원만 해도 상당하다. 특히 모임에서 오고 간 이야기는 〈그 언니의 방〉이라는 네이버 프리미엄 콘텐츠 채널에서 실감 나는 사례로 소개되기도 한다. 멘토인 그녀와 멤버들이 서로 주고받은 이야기는 글이 되어 여성의 주체적인 삶을 찾는 길잡이가 되고 있다.

그녀는 궤도이탈에 거침없는 편이다. 늘 주저하지 않았고, 선택은 과감했다. 유명 광고 회사에서 일하다 어느 날 훌쩍 계룡산으로 떠나 3년 동안 책을 읽으며 자기 안의 목소리에 집중한 것도, 이후 아이가 3살 되던 해에 배낭을 메고 '3살 아이와 세계여행'이라는 또 다른 궤도에 진입한 것도 그녀가 감행한 궤도이탈의 증거다.

일반적인 레일을 벗어난 다양한 시도를 많이 하셨어요.

나이가 들수록 일탈의 용기가 필요해요. 지금 당장 정해진 걸 안 하면 사회에서 낙오된다고 겁을 주잖아요. 순서 같은 건 뒤죽박죽, 늦어도 괜찮아요. 내 방식으로, 꾸준히, 끝까지 해 보면 얻는 게 있어요. 꼭 정해진 방식이 아니더라도 내 방식으로 꾸준히 하다 보면 조금씩 성장해요. 나이가 들수록 일탈이 쉽지 않아요. 하지만 일탈하지 않는 어른은 조용히 병들어 가는 것이라고 생각해요. 대안을 모르면 그냥 살게 되니까요. 그러나 대안이 존재한다는 사실을 알면 인간은 더 유리한 삶의 조건을 찾아 용기를 내게 되는 것 같아요.

여행도 그런 의미에서 직접 찾아 나선 용기 같아요. 여행이 남긴 건 뭘까요.

큰 생각을 하도록 도왔어요. 나무를 넘어 숲을 보는 힘을 지니게 했어요. 평소 작은 생각에 머물다 여행하면, 그 머문

자리를 떠나게 돼요. 시야가 넓어지니 생각도 넓어지고요. 식탁 위 반찬에만 머물던 사람이 식탁을 벗어나면 식탁 전체를 바라보고, 구조를 파악하고, 큰 질문을 던지게 돼요. 이를테면 '어? 음식이 버려지네?', '다른 사람은 계속 굶주리네?', '이쪽의 남은 음식을 저쪽으로 나눠 줄 수 있을까?' 등의 질문이요. 이처럼 여행하며 떠오른 질문을 통해 많은 것을 배울 수 있어요.

3살 아이와 함께 떠나는 세계여행은 자칫 무모한 도전이 될 수도 있었는데요. 새로운 관점을 가져다주었을까요?

아이와의 여행은 느린 여행의 깊이를 맛보게 했어요. 혼자였다면 아마 멋진 것을 욕심껏 훑으며 재빠르게 다니는 여행을 했을 거예요. 아이와 천천히 걷다 보니 작은 것을 깊이 들여다보는 힘이 생겼죠. 모성애가 짙어졌고요. 모성애는 작고 평범한 존재에게 진심을 기울이는 법을 깨닫게 했어요.

한창 이야기가 무르익을 때쯤 방문을 두드리는 소리가 들린다. 막 제대한 아들 중빈이었다. "제대했으니 더 많은 시간을 함께하게 되겠네요"라고 건네는 말에 오소희 작가는 "이젠 각자 인생을 살아야죠"라며 명쾌한 지혜를 내놓는다. 아이가 3살 때부터 세계여행이 시작됐다. 터키, 라오스, 남미, 아프리카 등 제3세계를 용기 있게 탐험했다. 그러다 여행길에 알게 된 발리의 보육원 페르마타 하티에서 발길이 잠시 멈췄다. 중빈이는 방학 때마다 우붓의 보육원을 찾았다고 했다. 그곳에서 자기만의 시간을 차곡차곡 쌓았다. 어리지만 야심 찬 소년의 열정은 그런 방식으로 뜨겁게 차올랐다.

중빈이가 벌써 제대했네요. 아이를 키우면서 가장 중요하게 생각한 가치는 무엇인가요.

다른 건 몰라도 '나눔', '더불어 살아가는 방식'을 제대로 가르치자고 생각했어요. 아들이 13살 되던 해, 세계여행을 멈추고 발리에서 오래 머무르게 되었어요. 발리 페르마타 하티라는 보육원에서 아이는 음악을 가르쳤는데 현지 아이들과 친해지기 위해 바이올린을 켜고, 축구공을 차며 적응하려던 작은 노력이 쌓여 자신이 할 수 있는 의미 있는 활동을 찾아낸 거죠.

덕분에 아이는 그곳에서 꿈을 품었고, '봉사+여행' 프로그램을 만들어 발리를 여행하는 한국인이 보육원을 방문해 재능을 기부할 수 있도록 연결했어요. 뭐든 시작은 작아요. 하지만 꾸준히 물을 주고, 퇴비를 뿌리다 보면 뿌리를 내리고 꽃을 피우게 돼요. 아이에게 그 작은 시작의 의미, 나눔의 가치를 알려 주고 싶었어요.

사람은 누구에게나 자기를 고양하는 뭔가가 있다. 오소희 작가에겐 여행이었다. 아이 손을 잡고 터키를 여행하고, 라오스와 아프리카를 걷는 동안 자기 내면과 풍경을 향하던 시선은 사람과 세상을 향해 나아갔다. 여행자로, 삶에 뛰어들어 체험하고 부딪히며 삶을 배웠다. 아이와 함께한 세계여행만큼 그녀를 크고 넓게 확장시킨 건 '엄마'의 자리였다.

'어떻게 살아야 하는가'는 곧 '어떻게 키워야 하는가'의 질문과 같다고 하셨습니다. 작가님은 이 질문에 대한 답을 어떻게 찾았나요.

저도 살면서 이 질문을 끊임없이, 간절하게 한 것 같아요. 질문이 강렬할 때 아이를 데리고 터키로 떠났고요. 그렇게 시리아로, 라오스로, 탄자니아를 여행했어요. 각 여행지는 '어떻게 살 것인가'를 알려 주는 대학이었죠. 이 대학에서는 '삶'이 교재였는데 제3세계 사람들의 삶은 가장 수준 높은 교재였습니다. 아이와 저는 밤낮으로 현지인과 어울렸어요.

'어떻게 살아야 할까?'라는 질문을 품고 여행에서 만난 다양한 사람의 삶을 바라보았고, 나의 길을 찾으려고 했던 시절이죠. '어떻게 살 것인가?', '어떻게 키울 것인가?' 제가 질문하면 여행이 '한 번 이렇게 해봐', '이번엔 저렇게 해봐' 답을 던져줬어요. 그때마다 넙죽 받아 배운 대로 행동했죠.

그 시절보다 더 열정적이고 간절하게 '삶'과 '앎'에 대해서 간구해 본 적이 없던 것 같아요. 아프리카를 온몸으로 여행한 후에야 드디어 대학을 졸업했다고 느꼈어요.

삶 한가운데 흔들리며 방황하는 시간에는 어떻게 하셨어요?

누구나 흔들리며 살아가잖아요. 중요한 건 흔들림을 대하는 태도가 아닐까요. '난 부족해'가 아닌 '그래, 내가 흔들리는 건 당연해'라고 긍정적인 인식을 지니려고 노력했어요. 힘든 상황이지만 오늘 하루 실컷 의심하고 질문하며 박차고 일어나는 거죠.

가다가 '역시 이 방법으로 가는 게 나을 것 같아', '저런 방법은 싫어' 하며 중간 점검하고 다시 일어나 내가 선택한 방향대로 아이와 함께 가는 게 필요해요. 속도와 방향 모두 내가 정하고요.

요즘 질문하고 몰두하는 주제가 있나요.

아이가 성인이 되고, 양육으로부터 자유로워지면서 '혼인 관계가 필요한가?'라는 질문을 품게 되었어요. 양육의 책임은 마무리되었고, 경제적인 부분도 각자 해결이 가능한 상태에서 과연 혼인 관계는 어떤 의미를 지니는지, 필요한지를 고민해 봤어요.

답을 찾으셨나요.

필요 없다는 결론을 얻었어요. 우리 부부는 서로 인간적으로 갈망할 때만 혼인 관계가 유효해요. 어떤 이유로든 애정의 두께가 얄팍해지면 언제라도 헤어질 수 있다고 봐요.

실제로 오소희 작가는 몇 년 전부터 시집의 제사에 걸음하지 않겠다고 선언했다. 명절엔 각자의 원가정으로 돌아갈 것과 각자의 부모는 각자 알아서 챙길 것, 더 이상의 일방적인 역할 강요는 없을 것에도 합의했다. 현재 남편의 반응에 대해 오 작가는 '적응 중'이라고 표현한다. 기울어진 쪽에 있던 사람이 평평함을 요구할 때 당연히 아쉬운 쪽은 그동안 헌신을 누린 쪽일 테니까. 그녀는 그 아쉬움을 담담히 그들의 몫으로 넘겼다. '인간으로서 좀 더 온전해진 느낌이 드는 것 같다'라고 자신의 감정을 또렷하게 표현했다.

여성은 물론 사회 전반적으로 '나를 찾고 싶다', '나답게 살자'라는 담론이 형성되었죠. 이를 어떻게 보십니까.

우린 이미 선진국에 진입했고, 문화 선진국에 이른 지금 나를 찾고자 하는 욕구와 존재론적 질문은 당연하다고 봐요. 질문하고, 답할 수 있는 사회적 토대가 마련된 거죠. 이럴 때일수록 당연하다고 믿어 온 것들에 대해 질문을 던져야 해요. 그래야 다음 세대가 더 업그레이드된 질문을 할 수 있다고 봐요. 여성의 삶이나 명절 문화 등 우리 사회에 뿌리내린 편견과 고정관념 같은 당연하게 여겨온 것에 반기를 드는 질문이요. 저는 특히 우리 세대가 질문하고, 의문을 던지는 일에 책임 의식을 지녀야 한다고 생각해요.

여성이 '내 글'을 쓰고 '내 방'을 꾸리는 데 가장 필요한 건 무엇이라고 보세요?

'스스로 마음먹는 것'이 얼마나 중요한지 알았으면 좋겠어요. 글을 쓰고, 방을 꾸리는 건 오롯이 내 몫이에요. 누가 대신할 수 없죠. 다행히 여성의 다양한 의견을 수용하는 사회가 되고 있어요. 이런 때일수록 나만의 기준과 가치관, 정체성을 명확히 해야 한다고 봐요. 내 그릇은 내가 챙기는 주체적인 삶의 태도가 더욱 중요해진 시기입니다.

살아가면서 '나를 잃지 않는 방법'은 무엇이었나요?

저는 글을 쓰고, 운동해요. 육아 시절부터 틈나는 대로 밖으로 나가서 걸었어요. 매일 걷고, 산을 오르며 나를 지킵니다. 주로 혼자 운동해요. 수영, 요가, 암벽을 오르는 볼더링(bouldering) 등반을 즐겨요. 중요한 건 어떤 운동을 하느냐가 아니라 매일 꾸준히 한다는 사실입니다. 나를 잃지 않는 힘은 꾸준함으로부터 나온다고 생각해요.

여행이나 걷기처럼 '운동성'이 삶에 어떤 영향을 미친다고 보세요?

삶에 생기와 활력을 더해 주고 있어요. 몸을 움직일 때 분비되는 호르몬을 경험하면 자꾸 나가게 돼요. 우울감이나 부정적인 시각, 허전함 등이 감지되면 곧바로 레깅스(평소 즐겨 입는 오소희 작가의 트레이드마크)로 갈아입고 밖으로 나갑니다. 내 안의 부족한 것은 운동으로 채워 균형을 유지하는 편입니다.

균형을 찾기 위해서 평소 감정을 들여다보는 노력도 필요할 것 같다는 생각이 드는데요.

맞아요. 감정에 따라 생겨 나는 행동 패턴을 민감하게 파악하는 게 필요해요. 우울감이 짙어지면 낮은 자존감으로 자신을 바라보고, 불만족스러운 것이나 후회되는 행동을 자꾸 떠올리게 돼요. 그럴 때 멈춰 서서 자신을 바라보면 좋아요. '아, 내가 지금 우울해져 있구나'라고 생각하는 거죠.

사람은 누구나 다양한 감정을 품고 사는데, 상황에 따라 유독 드러나는 감정이 있어요. 그럴 때는 '이것이 나의 전부가 아니다'라는 생각을 떠올리면 좋아요. 감정과 나를 한 발짝 떨어져서 보게 되면 자신을 객관화할 수 있어요. 그 감정으로부터 빠져나오는 데 도움이 되죠.

오소희 작가는 삶이라는 여행지에서 글을 쓰며 저 어딘가의 삶과 진리, 지혜를 향해 나아갔다. 직접 울퉁불퉁한 길 위에 발을 디디며 글을 썼다. 두 발로 걷고 쓰는 사람에게는 모든 곳이 연결된 듯했다. 모든 진리가 발길이 닿은 그곳에 도사리고 있었기에 진리는 무한으로 열린 창이 되어 주었고, 혼란 속에서 삶의 질서를 찾게 했다.

본격적인 작가의 길에 들어서게 된 계기가 있을까요.

아이와 여행하며 사진 찍고 기록하는 걸 꾸준히 했어요. 글을 블로그와 〈오마이뉴스〉에 연재하기 시작했는데, 몇몇 출판사에서 연락이 오더군요. 그렇게 작가라는 직업을 갖게 되었어요.

글을 쓰는 일은 삶을 어떤 방향으로 나아가게 했습니까.

삶의 원동력이 되어 주었어요. 시작은 어릴 적 쓰던 일기 였어요. 오늘 하루를 돌아보는 단순한 일기에서 시작해 생각 과 감정이 가지를 뻗고, 삶의 맥락이 엉켜, 복잡한 구조와 깊 이가 더해졌죠. 몸이 자라듯 쓰는 삶도, 자아도 성장했어요. 저는 쓰면서 사고하는 편입니다. 글을 쓰는 일은 생각을 정 리하고 삶에 깊이와 넓이를 더하도록 도와 줘요.

정체성을 찾아가는 과정에서 글쓰기는 어떤 역할을 할까요?

글쓰기는 꼭 필요하다고 봐요. 정체성 찾기는 자신을 되돌 아보는 것에서부터 시작되는 거예요. 누구에게 어떤 호혜를 입으며 성장했는지, 어떤 상처와 흉터가 나의 고유한 무늬를 만들어 냈는지, 그것들은 내 삶을 어떻게 굴절시켜 가는지를 발견해야 해요. 어떻게 살아야 하는지 방향도 가늠하고요. 쓰는 일이 이를 가능하게 한다고 봐요.

글을 쓸 때 지키는 원칙이 있습니까.

경험한 것을 쓰려고 해요. 작가는 공부해서 쓰는 스타일, 체험해서 쓰는 스타일, 상상해서 쓰는 스타일이 있는데, 저는 체험해서 쓰는 스타일이에요. 남의 말을 발췌 혹은 편집하거나 느낌을 받아 적은 건 하나도 없어요. 제 안에 질문이 생기면 삶으로 답을 찾고, 그렇게 깨닫게 된 것은 글이 돼요.

어떻게 살 것인가, 어떻게 아이를 키울 것인가에 대한 질문에서 아이와의 여행이 시작되었고, 직접 발을 딛고 걷던 여행길, 살아온 길의 이야기가 책이 된 것처럼.

글을 쓰기 위한 영감은 주로 어떻게 얻으시나요.

삶이 곧 영감이지요. '무엇을 하겠다'가 아니라, '계속 열심히 살겠다'에서 영감도, 삶의 태도도 나오는 것 같아요. 저는 내 안에서 생기는 질문을 집요하게 붙잡고 고민하는 편입니다. 살면서 알게 되고, 깨닫게 되는 여러 질문을 쪼개고 잇고 재결합해요. 그 이야기가 글이 되고, 글이 모여서 책으로 엮이는 것 같아요.

그녀는 자신을 정의하는 용어로 '구도자'라는 표현을 자주 썼다. 자기가 선택한 삶의 여행길에서 결국 찾고 싶던 것은 삶의 진리이자 지혜고 깨달음이었으니.

평소 내 안에 존재하는 '나'를 잘 들여다보는 편인가요.

예민한 편이에요. 나에 대한 이해의 폭을 넓히는 일은 다양한 모습의 나를 인정하는 것에서부터 시작된다고 봐요. 현재의 나를 인정할 때 내가 정말 원하는 것도 알게 되고요. 자기만의 명확한 기준이 생겨 나죠.

저는 수용할 수 있는 것과 없는 것의 기준이 명확한 편이에요. 수용 불가능한 건 미련 없이 과감히 버리고요. 자기 안에 지닌 에너지와 능력은 한정적이잖아요. 그러니 기준이 명확해야 필요한 곳에 에너지를 쏟을 수 있어요.

수용 불가능한 부분에 대해서는 저항하는 편이군요.

어려서부터 부조리한 상황과 불편한 세계에 자주 저항하고, 질문을 던지는 편이었어요. 예를 들어서 학창 시절 교육의 틀 안에 가둬 두고 강요하는 상황에 모욕감을 느꼈고, 그런 방식에 자주 질문했죠. 가부장적인 가정환경에 대해서도 반감을 드러내곤 했고요. 되돌아보면 개개인이 지닌 자기 결정권을 무시하고, 소몰이하듯 한 방향으로만 강제하는 방식에 순응하기보다는 저항하는 편이었어요. 부대끼는 마음 사이로 들리는 제 안의 목소리를 적어도 외면하지 않고 살아왔어요.

작가님의 이야기를 들으며 '마음의 소리'를 존중하고, 마음이 향하는 대로 삶을 설계한다는 느낌을 받습니다.

예민한 감각 덕분에 내 안에서 일어나는 욕구에 세심하게 반응하게 돼요. 내 안에서 질문이 생기면 어릴 때는 주로 시로 표현했어요. 사춘기 때는 그 질문이 나를 향했고요. 그 이후에는 나를 둘러싼 세상으로 넓어졌죠. 질문을 묻어 두기보다는 적극적으로 해결하려는 편이에요. 그런 기질이 늘 마음의 소리에 더 귀를 기울이게 했어요. 어쩌면 예민하다는 건 적극적으로 세상과 교류하고 있다는 것을 의미해요. 외부 자극과 내 안의 소리에 예민하게 반응한다는 건 곧 나를 존중한다는 의미이기도 하고요.

나답게 살고자 하는 후배에게 추천하고 싶은 책이 있나요.

글쎄요. 가만히 앉아서 나를 대면하고, 나의 책, 나의 일기. 나의 글을 쓰라고 하고 싶어요. 자기 목소리를 경청하는 게 더 중요한 때잖아요.

마지막으로 살면서 빼앗기면 안 되는 중요한 것은 무엇이라고 생각하세요?

마음입니다. 내 마음만큼은 내가 주인이어야 해요. 타인의 시선, 사회적 관습, 고정관념으로부터 마음을 지키며 살아가는 게 중요해요. 빼앗기고 휘둘려서는 안 돼요. 여성들이 원하는 '인정받고 싶다'라는 마음을 들여다보자고요.

누군가로부터의 인정에 앞서 자기 마음이 어딜 향하는지 자세히 관찰하라고 말해 주고 싶어요. 마음의 기준이 내 안에 있으면 타인의 인정이 그렇게 중요하지 않거든요. 외부가 아닌 내 안에 기준이 있어야 합니다. 이처럼 마음의 기준을 '나'로 삼는 것이야말로 내 마음을 지키고, 주인이 되는 방법일 거예요.

세상은 '나'를 향한 질문에서 '우리'의 질문으로, '이것만이 정상'이라고 외치는 나와 이상한 너의 구도가 아닌 함께 질문하고 생각하고 수다를 나누는 우리로 구성된다는 것을 실감했던 인터뷰. 이 다정한 충돌이 어쩌면 좋은 세상으로 나아가는 한 걸음일 수 있겠다며 걷던 걸음을 멈추고 서녘 하늘을 응시했다. 방향 없이 질주하던 내 발이 멈춰 서자, 여섯 번째 감각이 되살아난다. '함께'라는 감각 말이다.

신발을 바깥으로 돌려놓는 다정한 응원

"나는 네게 부끄럽지 않을 만큼 나의 세계를 가꿀 것이다. 네가 너의 생을 펼칠 때 궁금한 것이 있다면 가끔 나의 세계를 노크하고 참고할 수 있도록"

도서관 서가에 꽂힌《엄마의 20년》의 책장을 넘기다 이 말이 강렬하게 다가왔다. 이제 막 초등학교에 입학한 아이와의 실랑이가 늘어나던 참이었다. 너의 세계, 나의 세계라는 구분에 찰싹 등짝을 맞은 기분으로 멈춰 서서 가만히 나의 세계를 들여다본다. 아이의 세계인지 나의 세계인지 모를 모호한 형태의 세계 안에서 작은 파장이 일었다.

아이와 겹쳐 있던 자기 세계를 향한 균열, 남성 중심, 입시라는 사회구조적 한계에 휩쓸려 한쪽으로 기울어진 채로 흐르던 흐름에 대한 균열. 그렇게 내 삶에 화끈한 균열이 일기 시작했다. 한 권의 책으로부터 시작된 균열이다.

《엄마의 20년》을 시작으로 쌓아 둔 그녀의 책을 한 권 한 권 따라다니며 여행했다. 지도 위 터키를 시작으로 라오스,

남미, 아프리카를 따라다녔고, 거침없이 도전하는 또 다른 형태의 엄마, 여성의 여행길에 동참했다. 지도와 현실을 여행하며 솟아오른 질문을 차곡차곡 모아 내 앞에 펼쳐 본다. 상자 안은 뒤죽박죽, 얽히고설킨 실타래처럼 혼란스러움이 가득했지만, 그녀의 다정하고 친절한 동시에 강하고 단호한 목소리가 닿자, 한 올 한 올 제자리를 찾는다.

그녀와의 대화는 집 안으로 향해 있던 신발을 바깥으로 돌려놓은 일이었다. 집 안에 머물던 생각은 어느새 돌려놓은 신발 앞에 선다. 시선은 밖을 향한다. 집 밖으로 나가 세상을 걷자고 생각했다. 길에서 마주하는 사람과 자연, 순간을 향해 털레털레 서툰 걸음을 시작했다. 걷다가 한적한 골목길에 들어서며 큰 소리로 노래를 부르기도 하고, 우줄우줄 따라오는 내 그림자를 넋 놓고 보다가 허허해진 마음을 마주하기도 했다. 마주 오는 이에게 다정한 눈인사를 건네고, 잠시 의자에 앉아 흘러가는 사람의 이야기를 받아들이기도 했다. 정처 없이 걷던 어느 날 진짜의 '나'를 마주했다.

인터뷰 마지막에 건넨 단단하고 깨끗한 그의 목소리가 생생하다. 한결 편해진 대화에 책을 쓰는 사람으로서 겪는 부담과 고민을 터놓았다. 그가 내게 건넨 조언은 "끝까지 가 보세요"였다. 일단 쓰면서 끝까지 가면 된다고. 무슨 일이든 시작한 일은 끝까지 해내고 나서 뒤돌아보면 나만의 세계가 구축되어 있을 거라고. 그 어떤 것보다 안전하고 단단한, 따뜻하고 다정한 언니의 응원을 받았다. 진심이 묻어난 그녀의 한마디 한마디에 한결 마음이 가뿐해졌다. 그렇게 '지켜보며 응원하겠다'는 다정한 말이 내내 따라다니며 어깨를 다독였다.

다정한 바닷바람으로
불안해 들썩이는
　　　　어깨를 감싼다.

덕분에 상처를 추스르고,
　　허리를 바로 세운다.

유튜브
크리에이터
이은경

15년 경력의 초등 교사였다. 지금은 작가·강사·〈슬기로운 초등생활〉 채널을 운영하는 유튜브 크리에이터이자 콘텐츠 크리에이터로 활동하며 아이와 엄마의 성장을 돕는 콘텐츠를 만들고 있다. 최근에는 크리에이트 교육콘텐츠그룹 '범 잡은 포수'를 설립했다. 《오후의 글쓰기》, 《초등 매일 글쓰기의 힘》, 《초등 완성 매일 영어책 읽기 습관》, 《초등 자기 주도 공부법》 등을 썼다.

유튜브
크리에이터
이은경

고유함을 회복하게 하는 기다림

기다림이란 동사다. 다가올 것을 향해 다가서는 행위이며, 도래할 것을 향한 실천이다. 문을 열려면 문을 두드려야 하고, 좋은 문장을 얻으려면 책장을 넘겨야 하듯이 끊임없는 물음과 시도 속에서만 기다렸다고 할 수 있다.

어떤 날은 말문이 막힐 때가 있다. 하고 싶은 말, 설명할 단어 하나가 사라져 입을 다물던 시간. 그럴 때마다 딱 한 문장, 나를 설명할 단어 하나만이라도 다가와 주길 종종 생각했다. 좀처럼 정리되지 않은 생활, 형체가 뒤죽박죽된 뭉뚱그려진 내 마음을 또렷하게 설명해 줄 문장. 나를 설명할 수 있는 단어의 부재. 말을 잃어버린 듯한 무음의 시간이 지속됐다.

단어는커녕 사람들 앞에서 내 처지를 구구절절 설명하는 행위가 몹시 부자연스럽던 때, 그런 어색함이 더욱 나 자신을 주눅 들게 했다. 떠오르던 말들은 길을 잃은 채 고개를 떨궜다. 그럴수록 모호한 감정을 정확하게 묘사할 사려 깊은 말들이 사막의 마지막 물 한 모금처럼 절실해졌다.

어느 날, 가까스로 아이를 눕히고 그림책 앞에 주저앉았다. 거실 가득 널린 그림책을 주워 들고 책장을 넘기며 허겁지겁 마음 가는 곳에 밑줄을 그어 본다. 그러다 내 상황과 마음을 절묘하게 헤아린 말을 만나면 고열에 시달리다가 해열제를 삼킬 때처럼 몸에 열꽃이 피어났다. 줄리 폴리아노가 글을 쓰고, 칼데콧 메달 수상 그림작가인 에린 E. 스테드가 그림을 그린 《고래가 보고 싶거든》을 만났을 때도 그랬다. 단어 하나에 후련하게 가슴을 쓸어내린 경험. 결핍된 마음이 아니었다면 만날 수 없었을 순간이었다. '쉽게' 얻는 것보다 '겨우' 얻은 시간에서 더욱 찬란한 감동을 경험한다.

책장을 넘기자, 고래를 보고 싶어 하는 한 아이가 창 앞에 서 있다. 고래를 보려면 바다에서 눈을 떼지 말고, '기다리고 기다리고 또 기다려 보라'는 말에 나의 기다림을 비춘다. 창문 너머 바다를 보며 고래를 꿈꾸는 아이. 나의 뒷모습을 꼭 닮은 아이에게 건네는 '기다리라'는 말이 마음에 닿자 출렁이는 바다처럼 마음 한자리가 흔들렸다. 그렇게 그림책은 때때로 요동치는 마음을 다독이며 조금씩 이야기를 이어 갔다. 기다림에는 시간이 필요하다고 말한다. 생각할 시간, 깨달을 시간 말이다. 시선을 빼앗기지 않도록 바다에서 눈을 떼지 말라는 당부와 함께.

헛헛하고, 답답하고, 불안한 마음은 그림책이 건넨 이야기에 제자리를 찾는다. '기다리면 되는 일이었구나', '기다리는 동안 이런 모습이면 되겠구나'라며 기다림의 태도를 점검한다. '오직 끊임없는 물음과 시도 속에서만 우리는 기다렸다고 말할 수 있다'는 말처럼 두드리고, 흔들며, 끊임없는 물음과 시도 속에서의 기다림. 무엇을 기다리고, 어떻게 기다려야 하는지를 발견하자 혼란스럽던 마음은 잔잔하고 밝고도 평범해진다.

"또 기다리는 거야"라며 긴 기다림의 끝에 만난 고래. 간절한 기다림 끝에 무엇이 있는지 하나의 대답처럼 펼쳐진 풍경에서 이미 가까이 다가왔을지도 모를, 때가 되면 물 위로 떠 오를 것을 상상하며 안도했다.

세상은 늘 내게 헤매지 말고, 밝고 찬란한 길을 선택하라고 말한다. 암중모색의 시간은 최소로 줄이고 확실한 길 위에서 뛰고 달려 원하는 것을 얻으라고 강요한다. 그러나 다정한 그림책에서 작은 위로 하나 길어 올리는 일조차 힘겨워진 이에게 책은 권한다. '기다리라고!' 기다리고, 멈춘 시간 뒤에 나타날 고래를 기대하며. 포기하고 나서도 다시 시작되는 일이 있다고, 기다리는 동안에도 자란다고 조용히 타이른다. '기다림'이라는 단어 하나만으로도 충분하다고 생각했다. 명확하게 정의된 단어는 형체가 불분명했던 헤진 감정을 다정히 감싼다. 표현할 수 없어 헤매던 시간을 지나 훨씬 삶은 평온해진다.

주어진 역할의 무게가 버거울 때마다 그림책 한 권 펼쳐 적절한 단어, 문장을 골라내곤 했다. 작지만 울림이 큰 그림책에서 지금 내 기분과 상황을 설명할 단어를 고르는 일은 상처를 닦고 복잡하게 얽힌 마음을 가지런히 정리하는 일. 명징한 단어가 어제, 오늘, 내일의 나를 다정히 대변한다. 후련하고 또렷하게. 나를 설명하는 적확하게 딱 맞아떨어지는 그림책 속 그림, 문장, 단어를 찾는 일은 나를 찾는 일이기도 했다. 그렇게 흩어진 말은 제 자리를 찾았고, 삶은 고유한 질서를 회복하는 중이다.

온 마음을 다하는 다정한 관찰자

달리던 길 위에서 잠잠하던 바람이 거세질 때가 있다. 그럴 땐 잠시 멈추고 살짝 옆으로 비켜서게 된다. 그사이 길고 깊은숨을 내쉰다. 숨을 고르자 새로운 길이 나타났다. 누군가 앞에 놓인 멈춰 있는 시간을 따라가다가 갭이어(Gap Year)라는 단어에 도달했다. 갭이어는 학업이나 일을 잠시 멈추고 이전과는 다른 경험을 하면서 자신의 흥미와 적성을 찾아보는 시간을 표현할 때 주로 쓰는 용어. 이 단어 앞에 도달하자 '쓸모없던 시간'은 '다른 경험의 시간', '가능성의 시간'으로 바뀌었다.

어느 스터디카페에서 이은경 작가를 마주했다. 청바지에 낮은 운동화, 뒤로 백팩을 맨 모습이 씩씩해 보였다. 단단히 묶인 운동화 끈은 넘어졌다 다시 일어서는 그녀의 단단함과 닮아 있었다. 유튜브 크리에이터, 작가, 강사로 활약하는 그녀는 흔히 말하는 '단절'이라는 상황에 성실하고 치열하게 비틀기를 시도했다. 불가항력적으로 멈춰야만 했던 인생의 한 구간에 단단히 맨 운동화 끈처럼 해야 할 일을 하며 성실하게 나아간 것이다. 그 시간은 '갭이어'의 구간으로 새롭게 설계되었다. 새롭게 만난 환경에서 그녀는 자신의 삶을 새로이 포지셔닝한다. 절망적 상황은 오히려 가장 창조적이고 열정적인 본성을 자극하는 동인으로 작용했다. 물러서고, 멈추고, 머무는 동안 잊고 있던 것을 되살려 진정으로 바라는 삶을 찾을 수 있는 확률을 성실하고, 근면하게 높여간다.

이은경은 두 아이를 위해 15년 차 베테랑 초등 교사라는 안정적인 울타리를 벗어났다. 그리고 그녀 안에 내재한 디폴트 값인 성실함으로 4년 만에 인기 유튜버, 작가, 강사로 명확한 수식어를 지니게 되었다. 그 중심에는 엄마 내공이 자리한다. 그녀를 움직이게 하는 강한 원동력은 '엄마'라는 정체성이다. 세상 속도보다 조금 느린 둘째 아이, 일찍 어른이 되어 버린 첫째 아이, 감당하기엔 벅찬 둘째의 치료비와 우울증. 혹독하게 엄마의 시간을 거치는 동안 그 정체성이 훌쩍 커졌고, 자신을 둘러싼 세계는 깊어졌으며, 당당해졌다.

"매번 같은 속도로 전력 질주하는 사람이 몇이나 있을까요. 요즘엔 멈추고, 천천히 가려고 스스로 삶의 브레이크를 거는 사람도 많고요. 무엇보다도 '나만 뒤처진 것 같다', '나를 잃어 버리는 시간이다'라는 자기연민에 빠져 스스로 괴롭히지 않았으면 좋겠어요"

그 와의 인터뷰에서 흔히 물러서는 시간으로 인식되곤 하는 엄마가 되는 시간을 대하는 태도, 어떤 실패의 경험도 삶 자체의 실패가 되지 않도록 하는 방법, 모든 넘어짐을 보듬고 다시 일어서는 능력에 대한 그녀만의 청량한 노하우가 궁금했다. 안정적이고 견고한 울타리를 벗어나, 아이를 등에 업고 세상을 향해 '나는 엄마입니다'를 외치는 당당한 용기와 엄마의 자리에서도 차곡차곡 사회적 성과를 쌓아 올린 일에 관한 이야기를 듣고 싶었다.

인터뷰 내내 이은경 작가는 아픈 둘째 아이를 돌보는 동안 엄마의 자리를 충분히 채워주지 못한 첫째 아이에 대한 미안함을 드러냈다. 하지만 어떤 지점에서도 목소리만큼은 흔들림 없이 또박또박 그녀가 찾은 해답을 정확하게 전달했다. 그의 단단하고, 튼튼한 성과 안에 담긴 내밀한 내공을 확인한 시간이었다.

존 버닝햄의 그림책《깃털 없는 기러기 보르카》에는 세상이 결핍이라고 부르는 것들 속에 숨지 말고, 세상으로 걸어나가는 것만으로도, 내가 날 사랑할 힘이 시작된다고 말한다. 이은경은 불확실하고 불안한 상황에서 세상을 향해 나아갔다. 책과 유튜브라는 새로운 세계에 도전하며 스스로 가다듬고, 삶의 질서를 찾아갔다. 매일매일 성실하게 콘텐츠를 업로드하며 새로운 기회를 만들어 간다.

이은경 작가의 유튜브 채널 〈슬기로운 초등생활〉에는 오전 9시마다 영상이 업로드된다. 영상 안에 담긴 그녀는 작은 방안 책상 앞에서 화장기 없는 얼굴로 지금 할 수 있는 이야기를 막힘없이 전달한다. 그녀답게 말하고, 생각하고, 행동하며 더 나은 내일을 차곡차곡 진전시켜 가는 모습에서 성실한 실행가의 다음 걸음이 궁금해진다.

"그 어떤 유산보다 인생 선배로서 롤 모델이 되어 주는 게 중요하다는 생각에 더 열심히 살게 돼요. 지루해 보이는 책상 앞의 반복적인 노력이 어떤 힘을 지녔는지 아이에게 보여 주고 싶어요. 그 모습이 사람을 성장하게 한다고 생각해요"

모성은 아직 탐구해야 할 주제다. 모성애에 담긴 관점과 시각은 아직 공유되지 않은 지점이 많아서 뒤로 밀려 감춰지거나, 모성애를 보는 시선이 가벼이 여겨지는 면이 있다. 하지만 시대가 변하고 있다. 2021 오스카 시상식에서 여우조연상을 받은 윤여정 배우는 트로피를 들어 올리며 자신을 일하게 한 두 아들에게 사랑과 고마움을 전하며, 아들들에게 오스카 여우조연상이 엄마가 열심히 일한 결과라고 말했다.

윤 배우가 공식적인 자리에서 엄마의 정체성을 가감 없이 드러낸 모습처럼 '엄마'임을 드러내고, 목소리를 내는 이가 많아지고 있다. 이런 여성들이 적극적으로 나의 일을 하고 미디어를 활용하며 새롭게 정의하는 모성을 통해 자신이 주체적으로 설계한 창조적인 무대의 가치를 경험할 수 있다. 이은경 작가의 모습에서도 일과 나란히 배열된 엄마라는 타이틀이 선명하고 분명했다.

<슬기로운 초등생활> 채널 구독자로서 매일 업로드되는 콘텐츠를 보며, 작가님의 콘텐츠 생산 능력에 놀라고, 성실함에 감탄해요. 하루를 어떻게 지내세요?

글을 쓰고, 강의하고, 영상 콘텐츠를 만들며 지내요. 협업 제안이 들어오면 미팅도 많이 하고요. 저의 중요한 정체성은 글 쓰는 사람이에요. '쓰는 일'을 중심에 두고 모든 일을 정돈 및 체계화하고 있어요. '공무원의 마음'으로 매일 유튜브 콘텐츠를 업로드해요. (웃음) 주어진 건 뭐든 열심히, 성실히 해요.

평소에도 성실하고 근면한 편인가요.

학교에서 15년 근무하며 성실하고 근면한 생활이 체화된 거죠. 학교에 있을 때도 뭐든 열심히 하는 스타일이었어요. 1학년 담임을 맡았던 어떤 해에는 1년 동안 대상포진을 3번 연속으로 걸릴 정도였으니까요. (웃음) 얼마나 열심히 했던지 당시의 1학년 학부모님들께서 지금도 연락을 주세요.

저희 아이가 초등학교에 입학할 무렵 <슬기로운 초등생활> 채널을

알게 되었어요. 막막하던 시간에 의지가 되었죠. 유튜브는 어떻게 시작하게 됐나요.

절박함 때문이었던 것 같아요. 뭐라도 해야 한다는 마음이 강했어요. 둘째 아이의 우울증이 큰 전환점이었죠. 갑상선 기능저하가 1살 때 왔는데, 늦게 알아챘어요. 늦은 만큼 지능 손상을 입어 보통의 아이들보다는 인지적인 면에서 조금 느려요. 초등학교 3학년이 된 후에 친구들에게 심하게 따돌림 당했고, 후유증으로 우울증이 깊어진 상태였죠. 그때 전 바로 옆에 있는 초등학교에서 3학년 담임을 맡고 있었고요.

'내가 무엇을 위해 여기에 있는 거지?'라는 심한 회의감이 찾아오더라고요. 그렇게 사표를 냈어요. 아이의 정서적·심리적인 치료가 시급한 상태이기도 했고요. 저도, 가족 모두 힘든 상태에서 온 가족이 잠시 캐나다로 떠났고, 유튜브는 캐나다에서 처음 시작했어요. 당장 생활비가 필요했기에 뭐라도 시작하자며 도전했어요.

이은경 작가의 가족은 둘째 아이가 초등학교 3학년이 될 무렵 지친 몸과 마음을 다잡고자 캐나다로 잠시 떠났다. 그곳에서 그는 초등교육 전문가이자 관련 책을 낸 저자로 유튜브를 시작했다. 책 홍보를 위한 일이었지만, 자신의 정보를 접하는 사람들에게 단단한 신뢰를 쌓고 싶다는 마음도 컸다. 유튜브 채널 콘셉트는 단 하나, 솔직하고, 진실하기였다.

삶의 절박함과 마주하게 되면 초인적 힘이 생기는 것 같아요. 거기에 '모성'이 자극되면 그 힘은 배가 되고요.

절박한 상황이 되면 용기가 생기잖아요. 특히 엄마의 자리에서는요. 지금이라면 할 수 없을 것 같은 선택을 하게 되고요. 사표 낼 당시 모든 게 혼란스러운 상황이라 냉정하고 객관적인 판단을 하는 게 힘들었어요. 어쨌든 그 상황을 벗어나 변화가 필요하다는 생각뿐이었어요.

'괜찮아'라며 막연하게 낙관하는 것만으로는 아무것도 해결되지 않죠. 학교에서 힘든 일을 겪고 있는 아이를 위해, 그런 아이를 바라보는 가족을 위해 우선 환경의 변화가 필요했어요. 캐나다로 가족 모두 떠난 건 엄마이기에 할 수 있던 선택이에요. 캐나다에서도 지금 당장 할 수 있는 일을 찾았고, 그곳에서도 성실하게 주어진 일을 했어요.

예전과는 다를 수밖에 없는 삶이 펼쳐지게 된 거잖아요. 가던 길에서 브레이크를 밟았을 때 두려움도 그만큼 컸을 것 같고요.

변화가 필요하던 상황이라 다른 삶에 대한 기대가 오히려 컸어요. 달리던 트랙에서 내려와 보니 오히려 어디로든 갈 수 있었고, 어디로도 가지 않을 수 있었어요. 단절된 시간, 두려운 시간이 아닌 가능성이 열리는 시간이라고 생각했어요. 멈추지 않았다면 방향을 바꿀 수 없었을 거예요. 커브를 틀 때 속도를 잠시 줄이는 것과 같은 거죠.

멈출 수밖에 없던 시간을 '가능성이 열리는 시간'으로 바꿔 생각하면 자연스레 해야 할 목록이 떠오르죠.

멈춰야 하는 시간을 겪는 사람을 만나면, '3년의 힘'을 경험해 봤으면 좋겠다고 얘기해요. 딱 3년 만이라도 꾸준히 독서든, 취미생활이든 하고 싶은 일, 잘할 수 있는 일을 차곡차곡 실천하며 자기 콘텐츠를 쌓아놓으면 언젠가는 폭발하는 시기가 오거든요. 3년은 아이의 성장 패턴과도 일치해요.

저에게 고민을 털어놓는 분들은 일반적으로 초등 아이를 키우는 부모님들이세요. 3년 정도 아이들이 자라고 나면 내 시간이 주어지는 때가 오거든요. 아이가 자랄 동안 조용히 콘텐츠를 쌓아 온 사람은 내 시간이 생겼을 때 길을 찾더라고요. 일단 딱 3년을 잡고, 하고 싶은 것을 무엇이든지 하나하나 해 보는 게 중요해요.

멈춘 시간 동안 당장 뭔가를 해야 할 것만 같은 조급함도 방해 요인이 돼요.

매번 같은 속도로 전력 질주하는 사람이 몇이나 있을까요. 요즘엔 멈추고, 천천히 가려고 스스로 삶의 브레이크를 거는 사람도 많고요. 무엇보다도 '나만 뒤처진 것 같다', '나를 잃어버리는 시간이다'라는 자기연민에 빠져 스스로 괴롭히지 않았으면 좋겠어요. 당장 성과로 이어지지 않더라도 조금씩 멈추지 않고 해 둔 건 사라지지 않아요. 그 일이 어떤 것이든 언젠가는 꿰어져 더 큰 일의 바탕이 된다는 걸 체험으로 깨달았어요.

덕분에 커리어의 변화가 일어났어요. 초등 교사에서 작가로, 강사로, 유튜버라는 콘텐츠 크리에이터의 세계로 본격적으로 뛰어들게까지 되었습니다.

학교에 있으면서 4권의 책은 써 놓은 상태였어요. 2권 모두 초판도 채 팔리지 않고 조용히 사라졌죠. 이 책들이 팔려야 당장 먹고살 수 있는데 말이에요. 유튜브는 제 콘텐츠에 대한 신뢰를 쌓으며 책을 알려야겠다는 마음으로 시작한 거예요. 캐나다에서는 영상 제작과 글, 가족에 집중했어요.

매일 오전 9시 업로드라는 구독자들과의 약속을 지키려고 노력했고요. 구독자 수와 반응에 연연하기보다 제 목표에 집중하기로 했어요. 100개의 영상이 업로드되면 그때 그만둘지, 계속할지 결정하는 것을 목표로 삼았죠.

구독자 수 100명이라는 목표는 제가 어떻게 할 수 없는 부분이지만, 영상을 100개 업로드하는 건 제가 할 수 있는 일이라고 판단했어요. 어떤 일을 할 때 포기하지 않고 지속할 수 있도록 최소한의 안전장치를 해 두는 편이에요. 성실하게 목표를 달성하려던 노력이 쌓이니 다른 길이 열리더라고요.

자기 객관화가 잘 되네요. 나의 한계와 재능, 성향을 파악해 목표와

과정을 설계하는 부분에선 치밀함도 보이고요.

시행착오, 실패한 경험에서 얻은 것들이에요. 중요하다고 생각되는 것은 환경이 완벽해지기를 기다리지 않고 일단 해 보는 편이에요. 그러다 보면 실패하기도 하고 성공하기도 하는데 그 경험이 쌓이면서 노하우가 되고, 나를 파악하게 되면서 자기 객관화로 이어지고요. 나에게 가장 적합한 방식을 찾아가는 과정이라고 봐요.

'컴포트 크리에이터'라는 말도 있듯이 친근하고 편안한 크리에이터 가 대중의 공감을 얻는 것 같아요. 편안하고 친근한 소통 방식의 비결 이 있을까요.

솔직하고 진실하자는 생각만 했어요. 스킬은 3년 동안 매일 영상을 업로드하면서 훈련된 것 같고요. 실패와 훈련의 과정을 거친 모습이 지금의 저인 것 같아요. 그것이 어떤 일이든 매일, 꾸준히 하면 성장한다고 생각해요. 성실하게 쌓아가는 거죠. 처음엔 정말 서툴렀어요. 횡설수설하기도 했고요. 영상의 개수가 늘어나는 만큼 긴장도 줄어들고, 자연스러움은 더해졌죠. 유튜브는 이젠 제 삶의 일부분이 되었어요, 제가 편안하게 느끼는 만큼 구독자도 저를 편안한 눈으로 바라봐 주기 시작하더라고요.

시대가 그렇게 변했다. 미디어라는 '통로'로 접하는 누군가의 이야기가 이토록 심리적 위안과 편안함을 제공할 수 있다니. 대중은 유튜버 등의 크리에이터가 솔직하게 털어놓는 스토리에 감동하고, 카타르시스를 느끼며, 때론 연민을 혹은 위안을 느낀다.

세상으로부터 받은 불안감, 당혹감이 극에 달할 때쯤 가장 안전한 집 안으로 들어가 모니터 화면을 켜거나, 손에 쥔 스마트폰의 액정을 바라보는 것이다. 누군가와 연결되어 있다는 느낌. 대중이 원하는 건 바로 '연결'이라는 지점이다. 이은경의 〈슬기로운 초등생활〉이 랜선을 통한 소통일지라도 아이를 키우는 여성이 겪는 삶의 흔한 감정을 털어놓는 것만으로도 서로 단단하게 연결된 것을 보여 준다.

그동안 슬럼프는 없었나요. 구독자가 늘지 않거나, 정체된 느낌이 들 때 '계속 해야 하나'라는 질문이 들 법도 했을 것 같은데요.

애초에 슬럼프를 차단하고 시작했어요. 제 목표는 영상을 100개 제작하는 것이었으니까요. 구독자 수와 영상 조회 수가 유튜브를 더 할지 말지를 결정하는 중요한 요인이 아니었어요. 처음부터 영상 100개 제작을 달성한 후에 거취를 고민하자고 마음먹었죠. 누구든 영상을 100개쯤 제작하고 나면 카메라 앞에서 편안하고 자연스러워질 거예요. 지금은 유튜브를 통해 맺어 온 인연과 구독자가 저를 붙잡아요. 주로 오프라인 강의에서 구독자를 만나게 되는데, 그들에게서 받는 감동이 크죠. 저를 계속 나아가게 하는 힘인 것 같아요.

콘텐츠 크리에이터로서 사람의 마음을 사로잡는 비결은 뭘까요?

콘텐츠의 진정성, 진실성이라고 할 수 있겠죠. 가끔 '어떻게 그렇게 솔직하세요?'라는 말을 들어요. '신뢰'가 전부라고 생각해요. 제가 솔직해야 사람들이 저를 신뢰하죠. 진솔하게 다가갈 때 마음의 문이 열리잖아요. 믿을 수 있는 사람의 말을 믿는 것이지, '믿어 달라'고 하는 사람의 말을 믿는 게 아니라고 봐요. 진솔하게 다가갈 때 마음의 문이 열리고, 제가 나누는 이야기에 영향력이 생길 거라고 생각했어요.

더 나은 내가 되기 위해 자발적으로 노력할 수 있게 한 동력이 무엇인지 궁금해요.

절박함 그리고 아이들이요. 큰아이의 도움이 컸어요. 저를 버티게 한 힘이기도 했고요. 큰 아이에겐 미안함이 있어요. 작은 아이로 인해 힘들던 시간 동안 많이 돌보지 못했거든요. 무엇을 더해 줘야 하나 늘 생각하게 만들죠. 그러다 얼마 전 큰아이의 공부 플래너를 봤어요. 제가 쓴 다이어리와 똑같더라고요.

그때 이런 생각이 들더군요. 내가 성실하게 살아가는 것 자체가 이 아이에겐 선물이 될 수도 있겠다고요. 그 어떤 유산보다 인생 선배로서 모델이 되어 주는 게 중요하겠다는 생각에 더 열심히 살게 돼요. 지루해 보이는 책상 앞의 반복적인 노력이 어떤 힘을 지녔는지 보여 주고 싶어요. 그 모습이 사람을 성장하게 한다고 생각해요.

굳이 설명하지 않아도 아이 때문에 가슴 아리던 시간을 짐작할 수 있었고, 공감되며, 나의 지난 시간이 떠올라 덩달아 울컥했다. '아이 때문에'가 아닌 '아이 덕분에'로 당당하게 이야기할 수 있게 만드는 건 순전히 자기 몫이다. 기다림, 불안의 터널을 관통하며 그려 낸 고유한 삶의 무늬야말로 진정 나답게, 나로서 살아가게 하는 내공임을 누군가의 치열한 삶의 순간을 목도하며 깨닫는다.

자신을 지키기 위해 포기하지 않는 게 무엇인가요.

잠이요. (웃음) 크리에이터들은 컨디션의 영향을 많이 받잖아요. 제가 하는 일이 정신노동이다 보니 맑은 정신, 건강한 몸 상태에서 콘텐츠가 마구 떠올라요. 그래서 무슨 일이 있어도 잠자는 시간을 확보하려고 애쓰는 편이에요.

정말 현실적인 답이네요. 공감돼요. 잠은 새로운 삶의 활력소를 제공해 주죠. 평소 넘치는 에너지의 비밀을 알아낸 듯해서 반갑네요.

건강해야 근면할 수 있고, 육체적으로 튼튼해야 건강한 육아를 할 수 있다고 봐요. 다 못 잔 잠은 주말에 꼭 보충할 정도로 잠을 중요하게 생각합니다. 잠자는 동안 뇌 속에서 창의적인 작용이 일어난다고 하더라고요. 그런데 현대인들은 늘 잠이 모자라요. 잠 시간을 충분히 확보하려고 노력해 보길 바라요. 아이를 대하는 표정이 달라질 거예요.

낮 시간을 어떻게 보내는지가 수면의 질에도 영향을 미칠 것 같아요. 하루 루틴을 성실하고, 규칙적으로 유지하는 편이시죠?

아침에 아이들이 학교로 출발하자마자 글쓰기를 시작해요. 오후 1시 정도까지 초집중해서 마감하고, 업무를 보는 편입니다. 그 시간대가 가장 효율이 높아요. 사이사이 커피를 마시고, 아몬드를 씹습니다. 오후 1시가 되면 넷플릭스를 보면서 떡국을 끓여 먹어요. 오전 내내 글에 몰두하느라 머리에 열이 난 상태인데요. 이 열을 식힐 수 있도록 쉬어야 에너지가 고갈되지 않고, 아이들을 밝게 대할 수 있어요. 일상을 단단하게 다져 가는 게 중요해요. 자기만의 일상 루틴을 만드는 게 성실하고 규칙적으로 사는 데 도움 된다고 봐요.

아이디어나 영감은 주로 어떻게 얻는 편인가요.

오전에 원고를 쓰는 중간마다 몸을 계속 움직여요. 원고 집중력이 떨어지면 청소기를 밀어요. 머리로 하는 일과 몸이 하는 일을 번갈아 하면서 머리를 쉬게 해 주는 편입니다. 머리를 쉴 때 주로 아이디어가 떠올라요. 집에서 글을 쓰면서 생긴 노하우랄까요.

가사노동이 일에 방해되는 줄로만 알았는데요.

뭐든 긍정적으로 바라보면 방법이 생겨요. 가사노동을 긍
정적으로 활용하려고 노력해요. 그래서 자부심 같은 게 있어
요. 집안일 하며 만든 콘텐츠와 우아하게 아이디어 여행하면
서 만든 콘텐츠를 비교해 본다면, 전자가 나은 거 아닌가요.
(웃음) 상황과 조건이 열악함에도 비슷한 수준의 콘텐츠를
만드는 거라면 그렇지 않은 쪽보다 경쟁력 있는 거잖아요.
그런 의미에서 돌봄의 자리에 있는 사람은 자부심을 지닐 필
요가 있어요. 살림도 하고 일도 하잖아요. 저도 과거에는 가
사노동이 부담이었는데, 이렇게 3~4년 훈련하니 나만의 긍
정적인 도구로 인식하게 되더라고요.

**자신이 누구고 어떤 사람인지를 얘기한다면, 어떤 모습이 가장 작가
님다운 정체성인가요.**

저의 정체성은 엄마입니다. 애초에 콘텐츠를 창작할 수 있
던 것도 엄마이기 때문이었고요. 책이든, 영상이든 모든 콘
텐츠가 아이들에게서 나왔고, 창작 활동의 영감도 가족에게
서 얻어요. 엄마인 나와 일하는 나를 비교해 봤어요. 저는 엄
마 51%와 창작자 49%로 정의했어요.

당당함이 멋지네요. 두 세계에서 갈팡질팡하며 혼란을 겪고 있는 사람이 많죠. 처음부터 명확하게 정의하는 것도 나쁘지 않겠어요. 상황 정리가 명확하고, 빠른 편인가요.

어떤 문제가 발생하면 단순하게 생각하는 편이에요. '이 문제가 죽고 사는 문제냐'라는 게 기준점이 돼요. 대부분 아니거든요. 단순하게, 긍정적으로 생각해서 결론을 내리면 그렇게 풀기 어려운 문제는 없더라고요. 연연해하며 질질 끌고 갔을 때 나에게 도움 될 게 없다는 것을 지난 어려움을 통해 익혀 왔어요. 긍정적이고 심플하게 생각하려고 노력합니다.

살다 보면 경력 단절의 시기나, 멈춤의 시간을 경험하곤 해요. 이 시간을 심플하게 정리할 수 있을까요.

수영에 '잠영'이라는 용어가 있는데, 단절된 시간은 잠수해서 물속 길을 나아가는 시간이라고 생각하면 좋겠어요. 밖에선 보이지 않지만, 물속에선 앞으로 나아가고 있잖아요. 잠수를 끝내고 물 밖으로 올라오는 지점을 결정하는 건 물속의 발길질이죠. 같은 지점에서 잠수만 하다가 끝나는 사람이 있고, 부지런히 몸을 움직여 결승점까지 나아간 사람도 있어요. 단절되고 멈추는 시간일지라도, 지금 할 수 있는 것을 찾아서 계속 앞으로 가면 좋겠어요. 답답하고 숨이 막히더라도 해야 할 발길질은 멈추지 않는 거죠.

아이들 이야기를 해 볼게요. 둘째에 대한 마음이 특별할 것 같아요. 한편으론 나한테 왜 이런 일이 닥쳤을까 원망하는 마음이나 불평하는 마음도 있었을 것 같은데요.

원망보다는 죄책감이 컸어요. 갑상선 기능저하가 1살 때 왔는데 그걸 놓친 거죠. 돌쯤 발견했을 때는 저하가 온 기간만큼 지능 손상을 입은 상태였어요. 전 잠이 많은 아이로 대수롭지 않게 여겼고요. 세세히 살피지 못한 제 책임이 크다는 마음이 있어요. 그만큼의 후회와 죄책감이 따라다녔죠.

직접 겪어 보지 않으면 알 수 없는 무게와 크기의 죄책감일 것 같아요. 어떻게 컨트롤했나요.

어느 순간부터 죄책감을 느끼지 않기로 마음을 먹었어요. 과거에 매달려 봐야 달라질 게 없으니까요. '앞으로 무엇을 아이에게 해 줄 수 있을까', '앞으로 어떤 아이로 키워야 할까'에 대해서만 고민하기로 했어요. 요즘엔 책을 읽고 글을 쓰는 사람에게 있는 가능성을 잘 알기에 아이에게 '글 쓰는 법'을 알려 주고 있어요. 긍정적으로 방향을 트니 길이 보이고, 죄책감으로부터 자유로워지더군요.

'마음먹기'가 중요한 것 같아요. 닮고 싶은 롤 모델이 있나요.

어떤 엄마가 될까 자주 생각하는데요. 요즘 생각하는 건 한석봉의 어머니입니다. (웃음) 방안에서 불을 끄고 '너는 글씨를 쓰거라, 나는 떡을 썰겠다'라고 하는 유명한 일화가 있잖아요. 한석봉 어머니의 포지션에 대해 생각해 보게 되더라고요. 아들이 어둠 속에서 글을 쓸 동안 떡을 썰었다는 점이 인상적이었어요. 아이 옆에서 묵묵히 자기가 할 수 있는 일을 하는 모습이 멋지다고 생각했고요. 제 할 일을 열심히, 성실히 하며 살아가는 엄마의 모습을 아이들에게 보여 주자고 자주 생각해요.

여성이 선택의 갈림길에서 내가 원하는 선택을 하게 만드는 것은 무엇이라고 보세요.

경제적 자립이 주체적 선택에 긍정적인 영향을 미친다고 생각해요. 주도적이고 독립적인 사고가 가능해지잖아요. 경제적 성과는 성취감과도 연결되고. 어떤 경험이든 스스로 성취감을 맛본 사람들은 더 주체적인 선택에 유리하고요. 순간적으로 외부의 시선이나 부정적인 감정에 휩쓸리지 않죠.

여성의 경제적 자립과 일에 대한 철학과 신념이 궁금해요.

경제적 자립을 위해서 절박한 시도를 했던 게 제게 기회를 가져다준 것 같아요. 그런 시도와 기회가 성장과 자기만족으로까지 이어져요. 경제적 자립은 진정한 독립을 의미해요. 그래서 누구든 경제적 활동을 할 수 있는 일은 무엇인지, 나의 재능과 연결될 수 있는 지점은 어떤 지점인지 현실적으로 고민할 필요가 있어요.

평소 선택과 결정에 영향을 미치는 것이 있나요.

책에서 영향을 받았어요. 책을 읽기 시작하면서 판단력이
좋아진 것 같거든요. 책을 읽으며 삶의 통찰력이 길러진다고
생각하고요.

집중적으로 책을 읽던 시기가 있었나요? 주로 어떤 책을 읽으세요.

우울증이 심할 때 책을 읽으면서 빠져나온 경험이 시작이
었어요. 도서관에서 20권씩 책을 빌려다가 읽었어요. 미친
듯이 읽었어요. 저는 조언을 얻고 싶을 때, 고민이 생겼을 때
주로 책에 의지하는 편이에요. 책을 읽다 보면 생각이 정리
되는 경험을 해요. 다양하게 읽는 편이고요.

여성으로 불합리한 상황을 경험한 적 있나요.

학교에서 같은 일에 대해서 남녀에게 주어지는 기회가 다
르다거나, 출산이나 육아의 상황 때문에 배제되는 경우가 있
어요. 저도 임신하면서 맡고 있던 '영재반'을 내려놓게 되는
경험을 했어요. 능력이 부족해서, 혹은 뭔가 잘못한 게 원인
이 아니라 여성이기 때문에, 아이를 키우는 엄마이기 때문에
겪는 불합리한 순간에 복잡한 감정을 느껴요.

유료 콘텐츠 서비스 '엄마 성장 클래스'도 시작하셨는데요. 한 사람의 성장에 필요한 것은 무엇일까요?

성장 클래스에서 무엇보다 가치를 둔 게 경험을 나눈다는 거예요. 어디서 배운 내용도, 읽은 내용도 아닌 직접 경험한 일이요. 특히 실패에 대해 이야기해요. '실패한 경험'에는 많은 이야기가 담겼다고 보거든요.

얼마나 실패와 좌절을 경험했는지에 진실한 이야기가 숨어 있어요. 실패해 보지 않은 사람의 이야기는 공허할 수 있어요. 특히 클래스에서 인기 있는 주제를 꼽으라면 '그래서 얼마 버세요?'입니다. '경제적 자립'을 원하는 엄마들의 욕구를 읽을 수 있죠.

불안이라는 삶의 본질적인 감정이 자연스레 안정이라는 욕망을 지니게 하잖아요. 끊임없이 흔들리고, 시도하면서 '안정'과 '평안'을 찾아가는 존재가 인간인 것 같아요. 작가님의 지난 시간도 결국 '안정'을 찾아가는 과정이었다는 생각이 드네요.

맞아요. 불안감이 앞으로 나아가게 해요. 불안해하며 탐색하고 실행하며 이뤄가는 게 성장이 아닐까요? 불안과 함께한 성장은 사람을 더욱 단단하게 만들죠. 결국 한 발짝 움직이는 수밖에 없는 것 같아요. 그러다 보면 불안을 넘어 안정이라는 고지에 가까워지죠.

교육에 관한 이야기를 빼놓을 수 없는데요, 양육철학은 무엇인가요.

모든 답은 아이에게 있다고 생각해요. 아이가 뛰면 따라 뛰어야 해요. 아이의 보폭에 맞추라고 말씀드리고 싶어요. 저는 아이가 한다고 하면 뭐든, 어떻게든 적극적으로 정보를 찾아 주려고 해요. 열혈 엄마 맞고요. (웃음) 하지만 아이가 하지 않겠다고 하는 건 하지 않아요. 아무리 제 경험상 필요하고 중요하다고 해도요.

아이를 대하는 부모의 바람직한 태도는 무엇일까요.

아이에게 다정한 관찰자가 되어야 할 것 같아요. 내가 조금 다정해지면 아이는 금방 변해요. 엄마는 다정하고 세심하게 아이를 관찰하고 파악해야 해요. 그리고 아이와의 소통이 중요한 것 같아요. 저는 아이들과의 대화에서 직설적으로 얘기하지 않아요. 아이의 의견을 물어보고, 긍정적인 언어로 선회해 아이에게 의견을 전달하려고 노력하는 편이에요. 저절로 되는 건 없잖아요. 마음먹고 노력하는 게 필요해요.

어떤 사람을 가장 부러워하고 우러러보는가에 그 사람의 욕망이 담기곤 하잖아요. 누구를 가장 부러워하세요.

박완서 선생님을 좋아하고 부러워해요. 앞으로 소설, 문학 작품을 쓰는 게 목표고요. 전 늘 쓰고 싶은 사람이에요. 쓰는 일에 제 욕망이 담겨 있어요.

여러 권의 책을 내셨잖아요. 지금 준비 중인 콘텐츠가 있나요?

지금까지 제 콘텐츠의 핵심은 '초등 교사인 엄마는 초등 아이를 어떻게 키울까'였어요. 이제 제 아이들은 중학생이 되었고, 저는 본격적으로 고등학교 입학을 향해 달리는 엄마의 자리에 왔어요. '초등 교사이던 교육에 관심 많은 엄마가 중학생 아이를 어떻게 키우는지'에 관해 얘기하려고요. 그런 주제의 책을 지금 준비하는 중이고요.

제가 경험한 엄마들의 이야기도 하고 싶어요. 생각과 가치관, 바람직한 엄마의 역할, 학부모의 역할 등을 주제로 책도 쓰고 있어요. 다른 주제로 엄마의 태도에 대한 책도 준비 중이고요.

앞으로 계획이 궁금합니다.

글을 쓰는 일은 물론 지금 하는 일과 할 수 있는 일을 계속할 거예요. 특히 저와 상황이 비슷한 사람들의 이야기에 관심이 가요. 육아로 경력이 단절된 선생님들의 연락을 받곤 하거든요. 그런 분들에게 제가 할 수 있는 역할은 무엇인지에 대해 고민하고 있어요.

육아로 제약받지만 정말 재능과 열정을 지닌 분이 많이 있어요. 그분들에게 여러 기회를 나눠주고 싶어요. 강의, 영상, 집필의 기회도 마련할 계획이고요. 제가 가는 길이 누군가에게 또 다른 이정표가 되었으면 하는 마음과 제 역할에 대한 고민을 더 확대할 계획입니다.

현재 자기 자리에서 절대 빼앗길 수 없는 건 뭐라고 보세요.

타인의 감정을 세밀하게 읽으며 공감하는 섬세함입니다. 이러한 재능이 아니라면 이 세상은 제대로 돌아갈 수 없다고 봐요. 공감력은 사회를 지탱하는 힘이기도 하죠. 특히 육아는 섬세함이라는 고도의 능력이 요구되는 영역인 것 같아요.

여성은 그 어려운 역할을 해내는 존재인 거고요. 섬세한 엄마의 관찰이 아이를 키운다는 말이 있잖아요. 여성으로서 자부심을 지니면 좋겠어요. 아이를 키우는 일뿐 아니라 어떤 일에든 섬세함과 공감력이 고유한 재능인 것 같아요.

애정에서 비롯된 말과 몸짓, 포옹은 사랑하는 사람과의 연결고리를 단단히 한다. 하지만 모두 애정을 표현하는 데 유리하게 타고나진 않았다. 사람과 사람 사이 포옹과 진정한 애착의 미묘함을 느끼려면 특유의 감정을 읽어 내는 섬세한 촉수가 필요하다.

《고립의 시대》를 쓴 노리나 허츠 박사는 외로움의 시대, 서로를 감각하는 섬세하고 민감한 감각의 촉수를 회복해야 한다고 말했다. 지금의 시대에 중요한 것은 더 많은 다정함이다. 다정해지려면 부드러워져야 한다. 부드러워지기 위해 우리는 더 필사적으로 서로를 '감각'해야 한다고 말한다.

그런 의미에서 여성이 지닌 누군가의 외로움을, 아픔을 읽어 내는 섬세한 감각이야말로 '다정'이 필요한 시대에 중요한 재능이 아닐까. 아이든, 어른이든 꽁꽁 걸어 잠근 마음의 빗장을 푸는 데 필요한 건 결국 '누군가의 다정함'이니까.

기다림도, 성실함도, 섬세함도 그녀의 이야기를 관통하는 큰 흐름은 '온 마음을 다한다'는 것이었다. 온 마음을 다해 아이를 사랑하고, 일하며, 살아가는 그녀의 이야기에 많은 이가 공감하는 이유도 바로 이 지점이다. 옳다고 믿는 방향으로 나아가기 위해 자신의 마음을 다잡고, 정해진 방향을 향해 애쓰는 삶의 태도야말로 다정함의 숨은 본질이다.

오늘을 남기는 다정한 기록

무엇이 되어야겠다는 생각은커녕 오늘 하루만이라도 무의미하게 보내지 말아야겠다는 생각만 겨우 하던 시절. 하루에도 몇 번씩 포기하자는 생각과 조금만 더 참아보자는 생각 사이에서 팽팽한 줄다리기를 하던 때였다. 그러나 삶의 어떤 때에도 노래를 부르기로 선택한 순간이면 가슴 안에는 노래가 산다.

노래는 자연스레 깃드는 것이라기보다는, 마음을 열고 자꾸 불러들이는 사람에게 스며드는 것이다. 어떠한 환경에서도 '노래 부르기'를 선택하는 스스로 먹는 마음이 중요하다. 그 마음을 알아채는 것에서 우리가 원하는 삶은 시작된다.

인터뷰를 마치고 집으로 돌아오던 길, 이웃집 할머니는 내게 작은 모과 하나를 건네신다. 반질반질 윤기 나는 모과가 노오란 빛을 내며 내 손에 쥐어졌다.

"모과는 계속 닦아 주면 썩지 않는대요" 이 말이 온종일 내 안에 남아 달싹달싹 입술을 간질였다. 그날 이후 난 매일 아이의 기저귀를 만들다 남은 하얀 소창을 꺼내 쓰다듬듯 모과를 닦는다. 아직도 여전히 모과의 껍질은 반질반질 빛이 난다. 매일매일 할 수 있는 일부터 차근차근했다는 이은경 작가의 말이 떠올랐다.

그를 만난 후에 번잡하던 생각이 가지런해졌다. 쓸데없이 가볍다 생각하던 것이 진실이고, '나'임을 발견한 순간 입가에 자연스러운 미소가 번진다. 내가 만난 그녀가 지닌 삶의 논리는 간단했다. '주어진 현실을 받아들이고 한 발짝 한 발짝 나아가기'. 삶의 의미는 찾아내는 목표가 아니라 만들어 가는 과정임을 깨닫는다. 어둡고, 흐릿한 삶의 순간에도 매일 영상을 찍고, 글을 쓰며, 내 앞에 놓인 것을 바라보던 그녀처럼 그렇게 나아간다. 한 발짝 한 발짝.

더 이상 대단해 보이고, 특별한 나를 갈구하지 않는다. 찬란한 순간을 기대하느라 눈앞의 순간을 가벼이 여기지도, 먼 곳을 바라보며 자신을 닦달하지도 않는다. 이제는 안다. 계속 넘어지는 한이 있더라도 선택해야만 하는 것은 이토록 평범한 오늘이라는 것을. 어쩌면 진정한 성공은 평범한 오늘을 잘 살아낸 기록이다.

정해진 방향을 향해
애쓰는 삶의 태도야말로

다정함의
숨은 본질이다.

통속과 품위의 경계에서 현실적인 이야기를 쓰는 소설가.《모던 하트》로 한겨레문학상을 받았고, 이후 장편소설《잠실동 사람들》,《맨얼굴의 사랑》,《그 남자의 집으로 들어갔다》,《어느 날 몸 밖으로 나간 여자는》,《높은 자존감의 사랑법》, 에세이《엄마의 독서》,《당신이 논다는 거짓말》 등을 썼다.

소설가
정아은

결핍의 가능성과 존재의 테이블

나를 찾아간다는 건 나만의 공간을 되찾는 일이기도 하다. 어두운 부엌 한편에 노오란 전등을 켜는 일처럼 난 부엌에서 나를 잃어버리고, 같은 곳에서 잃어버린 나를 되찾았다. 잠잠하던 결핍의 상처가 고개를 내밀던 곳, 주로 부엌 싱크대 앞에서 괴로워했다. 소용돌이치는 감정들이 음식 냄새와 뒤섞여 아수라장이 되던 곳.

싱크대 앞에서 짓누르는 역할의 무게와 헐거워진 정신은 치열하게 대립했다. 밥하기 싫어서, 인생이 이렇게 지나간다는 절망감에 표정은 자주 일그러졌다. 인생의 신산하고 시고 짜고 맵고 쓴맛과 삶의 고단함과 애환이 큼큼하고 구수하고 쌉싸름하게 밴 맛. 하나의 단어로는 표현되지 않는 그런 맛과 냄새가 부엌엔 깊숙이 배어 있다.

결핍을 '가능성'으로 인지한 건 작은 자유가 부엌 한편에 들어오게 되면서부터다. 어느 날 유아차를 끌고 동네를 배회하다가 가구 매장 쇼윈도 앞에 멈춰 섰다. 원목 상판에 스틸

다리를 매치한 작고 아담한 테이블 하나가 눈길을 끌었다. 처음 그 테이블을 봤을 때 프랑스 철학자 바슐라르의 '존재의 테이블'을 떠올렸다. 어려운 삶 속에서도 작은 테이블 앞에서 독서와 몽상의 시간을 가졌다던 바슐라르처럼 작고 아담한 테이블 앞에 앉은 나를 상상했다.

얼마 후 그 작은 테이블이, 아니 작은 자유라는 말이 어울릴 법한 사물이 부엌으로 들어왔다. 작은 테이블 앞에서 매일 난 틈나는 대로 책을 읽고, 글을 썼다. '지금 나는 잘 살고 있는 걸까'로 시작된 일기는 어느새 일기장 한 면을 가득 채웠다. 읽다가 밑줄을 진하게 그은 문장, '내 존재의 만족스러운 부분만 기록하는 것은 소용없는 짓'이라고 말한 수전 손택의 조언에 기대어 결핍을 당당히 쓰기 시작했다.

밥을 짓다가, 눈물짓다가, 결핍의 시를 짓고 싶을 때 존재의 테이블로 향했다. 오롯이 내 것인 그 물성 앞에서 조금 더 나아지고 싶은 나를 발견했다. 누군가는 말한다. 내가 가장 바라고 좇는 것을 보면 내게 무엇이 부족한지를 알 수 있다고. 난 작은 테이블 하나를 바랐고, 쓰고 읽는 자유를 원했다. 읽고 쓰는 사이 타인 안의 나, 내 안의 타인을 견주며 진짜 나를 찾아갔다. 조금씩 나다워진 내가 거울 앞에 섰다.

인간의 시간을 멈추고 공간의 밀도를 조정하는 가장 흔한 사물이라면 '탁자'가 아닐까. 텅 빈 공간, 아무것도 존재하지 않는 그곳에 탁자 하나가 놓인 순간, 그 자리에는 시간과 공간이 멈춘 듯 공기 흐름마저 달라진다. 탁자가 그어 놓은 명확한 구분 선을 따라서 또 다른 의미의 시간과 공간이 펼쳐진다.

테이블 하나를 놓았을 뿐인데 부엌에 있는 나는 더 명료하고 분명해진다. 누군가를 위한 시간과 공간이 아닌 나의 시간과 안전한 내 자리가 생겼다는 사실만으로도 부엌에서의 나는 훨씬 평온하다. 케렌시아(안정을 찾는 공간) 같은 나만의 공간은 작은 테이블이 내게 건넨 짧지만 강렬한 위로이다.

존재의 테이블에서 길어 올린 것들을 바라본다. 작고 하찮아 보이지만 빛나는 것들에 시선을 둔다. 사랑의 입김, 생의 기쁨, 작은 아름다움, 적당한 햇살 같은 다정한 것들이 수첩 안을 가득 채운다. 내 삶의 결핍들은 어느새 작은 일상이 주는 충만함을 감지할 수 있는 다정한 감각으로 되살아났다. 다정한 형태의 빛, 공기, 온도, 감촉, 소리로 서서히 차오르는 일상을 그리는 일이 그리 어렵지 않게 되었다.

결혼하고 애 낳고 사는 것이 별거냐며 그늘 좋고 풍경 좋은 데다 의자 몇 개 내놓는 거라는 이정록 시인의 〈의자〉 한 구절을 발견하곤 동동거리며 안절부절 발을 구르던 어떤 날에는 의자 하나 끌어다 털썩 테이블 앞에 앉았다. '아휴~ 그래, 인생이 뭐 별거냐'라며 시인의 말에 맞장구치듯 삶을 긍정한다.

숨기고 싶던 결핍은 가능성의 언어로 대체됐다. 어느 날 내게 닥친 불안하고, 두렵던 시간은 새로운 세계로 들어가게 하는, 보이지 않던 것들을 보게 만드는 안목을 지니게 했다. 테이블 앞에 앉을 때마다 내 존재가 완전히 새로운 방식으로 느껴진다.

오늘도 나만의 작은 테이블로 향한다. 다정한 존재의 테이블, 감각의 의자에 앉아 내 삶의 풍경을 바라본다. 그렇게 오늘 주어진 다정함을 하나하나 감각해 간다.

무르익어 달금해진 다정한 말

여성, 현실, 결핍, 관계로 채워진 이야기를 쓰는 소설가 정
아은은 머물지 않는다. 그의 이야기는 인간에 대한 깊은 이
해, 사랑에 대한 통찰, 타인과의 교감, 삶의 환희로 나아간다.
《엄마의 독서》의 표지를 펼치면 단정한 흑백 사진 한 장과
간단한 작가 소개에서 정아은 작가가 자신을 소개하는 방식
을 대할 수 있다. 헤드헌터, 번역가, 소설가 등 다양한 직업을
전전하며 살아왔지만 제1의 정체성은 언제나 엄마였다는
것. 엄마 경력 12년에 접어들던 어느 날 좋은 엄마가 되겠다
는 강박관념에 사로잡혀 너무 아등바등 살아왔다는 사실을
깨닫고 그때부터 글을 쓰기 시작했다고 한다.

정확한 단어와 명확한 설명으로 정의한 그녀의 정체성은
엄마다. 이 단호한 존재 안에 자신을 그 어떤 그럴듯한 수식
어에 기대지 않겠다는 선언, 내 삶을 존중하려는 삶의 태도
가 담겨 있다. 물론 쉽지 않은 시간이었다. 엄마의 자리에서
그녀는 자주 불안했다. 정글을 헤매는 기분으로 두 아이를

양육하는 것도 모자라 시시때때로 스미는 두려움과 불안함에 맞서야 했다. 그때 그녀는 본능적으로 읽는 일과 쓰는 일에 빠져들었다.

아이들이 잠들 때마다 서재로 몸을 옮겼다. 서재는 유일한 도피처이자 은신처였다. 스스로 좋아서 한 일이었다. 자신의 자리에서 경험한 특별한 체험이 엮이고 다듬어져 소설과 에세이로 세상에 나왔을 때, 그녀는 잃어버린 줄 알았던 시간의 존재와 의미를 새롭게 발견했다. '사랑, 타인, 교감, 삶의 환희'라는 단어로 설명할 그 의미 말이다. 오롯이 생생한 삶의 체험으로 길어 올린 것들이다.

세상의 거대한 담론만이 가치 있는 문학이라 여겨지던 때가 있었다. 보통 사람과 여성이라는 개인이 펼쳐 보이는 생생한 삶을 다룬 소설을 폄하하는 분위기가 '남성 중심 사회'의 지류였음을 자각한 건 얼마 되지 않는다. 소설가 박완서의 작품들이 그러한 작가의 시작이었다.

여성으로서 보고 듣고 체험한 내용이 자연스레 문학사에 굵직한 결을 낸 박완서의 소설로 이어졌듯, 소설가 정아은의 작품도 같은 곳을 향한다. 여성이 겪는 자연스럽고 당연한 삶의 과정에서 피어난 고유한 결이 그녀의 작품 안에는 뚜렷이 묻어난다. 그녀의 위치는 다정한 관찰자 시점이다. 어쩌면 세상을 바라보는 가장 따뜻한 관점이다.

분명히 존재함에도 은연중에 감춰진, 가볍게 여겨진 일상의 문제들에 서사를 부여하는 것이 소설가의 일 중 하나라면 정아은 작가는 우리 사회에 미처 꺼내기 어렵던 것들을 세심하고 솔직한 이야기로 증명한다. 글에 담긴 세세한 결은 누군가를 깨우고, 다시 얽히고설켜 더 큰 변화를 자극한다.

"저를 포함한 모든 영혼에게 존재의 연유와 정당성이 있다는 것을 입증하고 그들을 대신해 소리쳐 주고 싶은 게 제가 소설을 통해서 하려는 일"이라고 그녀는 말한다. "주부의 노동을 폄하하는 사회현상의 저변에 무엇이 있는지를 밝히고 싶었다"며 《당신이 집에서 논다는 거짓말》을 집필했다. 좋은 엄마가 되겠다는 강박관념에 사로잡혀 아등바등 살아왔다는 사실을 깨닫고 《엄마의 독서》를 썼다. 엄마들이 얼마나 힘든지 토로하고 공감하는 데서 한발 더 나아가, 이 문제가 근본적으로 어디에서 비롯된 것인지를 현실적 관점에서 조망하고자 관찰자의 레이더망을 더 촘촘하고 깐깐하게 조율하며 글쓰기와 사유로 모았다.

헤드헌터를 소재로 직장인 여성의 일과 사랑을 다룬 《모던 하트》로 한겨레문학상을 받은 그는 두 번째 장편 《잠실동 사람들》에서는 잠실을 배경으로 그곳의 공간사와 대한민국의 교육을 짚어 냈다. 사랑을 테마로 동시대 한국인의 내면을 낱낱이 들여다보며 탐구한 에세이 《높은 자존감의 사랑법》에 이르기까지 여성과 인간을 주도면밀하게 관찰한다.

그녀는 자신의 섬세한 관찰력은 애정결핍에 기원한다고 설명한다. 인터뷰 도중 결핍이 많은 사람이라고 솔직한 속내를 드러내곤 했다. 소외되고 물러선 자리에서 타인에게 사랑받고 관심받기 위해 애쓰던 노력이 '관찰'이라는 감수성으로 짙어지고, 깊어졌다.

인터뷰의 초점은 그녀가 주어진 자리에서 마주한 경험이 단순한 이야기에 머무르지 않고 어떻게 크고 넓은 우리의 이야기로 나아갔는지에 대한 것이었다. 소설가로서 갖춘 예리한 관찰자적 시선의 배경도 찾고 싶었다.

그는 인터뷰 중 유독 '타인' '관계' '관찰'이라는 말을 자주 사용했다. "인생을 통째로 바꾸어 놓을 만한 변화는, 내가 아닌 타인에게서 온다. 가장 진한 환희는 타인과의 교감에서 비롯된다"고 강조하며 집중 육아의 시기야말로 타인과 온전히 교감하는 시간이라고 강조했다. 육아라는 침잠의 시간을 거친 후 자아상은 좀 더 깊어지고 넓어진다며, 이를 통해 장착된 타인을 향한 감수성은 세상을 좀 더 이롭게 다듬을 수 있게 한다고 했다.

그렇게 '나'의 자리에서 출발해, 타인과 세상을 넘나들며 자유롭고 허심탄회한 대화를 시작했다. 말과 표정에서 뻗어나온 투명하고 맑은 빛에 가슴 한편이 따뜻했다. 교감을 원하는 섬세하고 예리한 관찰자의 다정한 빛이었다.

육아서에 몰입하던 때가 있었다. 하지만 성공을 향한 육아법 앞에서 초라하게 무너져내리던 날에 좋아하는 친구가 홍시 2개와《엄마의 독서》를 건넸다. 달달한 홍시를 먹으며 책장을 넘기던 날이 떠오른다. 내가 원했던 건 성공하는 육아법이 아니라 온전한 나로 좋은 사람이 되는 법이라는 걸 깨달았다. 바로 그 지점을 확인한 것만으로도 충분했다. 나의 세계가 확장된 것을 느꼈다. 그렇게 작가로부터 쌓은 깨달음의 부채감은 더 큰 질문을 품게 했다. 커다란 질문을 안고 시작된 인터뷰였다.

그녀와 대화가 무르익을 때쯤, 오래 매달려 무르익다가 툭하고 떨어져 입안으로 들어온 홍시처럼 달큰하고 뜬금없는 그 맛을 떠올렸다. 무르익어 달금해진 말과 환하고 샛노오란 표정에서 얻은 맛이었다.

《엄마의 독서》,《당신이 집에서 논다는 거짓말》은 세상 모든 존재에게 소문내고 싶은 책이었어요. 문장이 제 경험과 만나 진한 화학작용이 일어나서 묘한 쾌감을 느꼈어요.

《엄마의 독서》를 쓰면서 저도 치유받았어요. 이 책 덕분에 강연하며 독자와 소통할 수 있는 기회가 많아졌거든요. '너도 그랬니?', '나도 그랬어'라며 깊이 공감해 주고 좋아해 주는 거예요. 책 쓸 때도 그랬고, 출간되고 나서도 저 자신 역시 회복되는 시간이었죠. 내 안에 있는 걸 잘 쏟아 내면 되겠다고 생각했어요. 강연에서 주로 남편과 아내가 괴로운 이유를 자본주의 체제에서 찾아야 한다고 이야기했어요. 이 지점에서도 반응이 너무 좋은 거예요. 이때 《당신이 집에서 논다는 거짓말》을 써야겠다고 생각했고요. 경제학적인 관점에서 엄마들의 애환을 다룬 책이 거의 없던 것 같아서요.

《당신이 집에서 논다는 거짓말》은 작가님이 여러 책에서 발견한 사유의 결실로 '가사노동'이 왜 이렇게 폄하되어 왔는지를 분석하고 있더군요.
여성이 겪는 문제 중 큰 비중을 차지하는 게 가사노동이잖아요. 결국 안으로 들어가 보면 돈이에요. 모든 일의 값이 다 돈으로 환치되는 사회에 여성의 가사노동만 무보수인 부조리함 때문이죠. 문제는 근본적인 것을 타파하지 못하면 아무런 소용이 없다는 거예요. 사람들이 주부에게 '집에서 논다'고 할 때 그 말을 교정하는 단계를 넘어 발화자가 그 말을 하게 된 사회문화적 배경을 살펴보는 일이 중요하다고 봐요. 책에서 그 이야기를 하고 싶었어요.

책에서 자신이 처한 현실을 원망하고 분노하는 데 그치지 않고 '왜 이런 일이 벌어졌는지' 시스템을 탐구하며 문제를 해결해 가는 방식이 흥미로웠어요.
결혼 후에 겪게 되는 혼란으로 힘들어할 때 책을 읽으며 시야를 확장했어요. 《이갈리아의 딸들》, 《여성의 신비》, 《글로리아 스타이넘》 등의 책을 접한 덕분에 결혼 생활에서 겪는 갈등과 고통에 매몰되지 않고 더 넓은 윤곽으로 상황을 바라보게 된 거죠. 가장 큰 수확은 사회구조 자체를 가해자로 인식하게 된 거예요.

개인을 넘어 전체적인 시각으로 문제를 바라보면 미움이나 분노의 부정적 감정이 가라앉으면서 좀 더 문제를 침착하게 대하게 되는 것 같아요. 인간적 연민으로 이어지기도 하고요. 결국 이러한 방식이 자신에게도 유리한 점이 있어요. 나를 괴롭히는 사람을 사회문제로 확대해서 접근하면 적어도 진한 증오의 감정은 희석되니까. '내가 너를 공부하리라', '너를 내 인생의 밑거름으로 삼으리라'라는 식으로 생각하게 되는 거죠.

'도시 세태의 관찰자'라는 수식어가 생길 만큼 작품에서 인간과 사회에 대한 한발 물러서서 보는 관찰자적인 시선이 돋보여요.

저에겐 충족되지 못한 결핍이 존재하는데, 그 결핍은 늘 사람과 사랑을 향해요. 사랑받고 싶은 마음이 관찰을 이끌었어요. 저는 누군가 웃음기 없는 얼굴로 저를 쳐다보기만 해도 열등감에 몸을 떨던 사람이라서요. 저 사람은 왜 나를 보고 웃지 않았을까? 혹시 내가 싫은 걸까? 그렇다면 왜 나를 싫어하게 되었을까? 이렇게 열등감이 차 있으면 더욱 애정을 갈구하게 되었죠. 그러다 보니 상대를 관찰하게 되었어요. 관찰은 상대가 좋아하는 것을 찾아내려면 필요한 능력이잖아요.

결핍이 관찰로 이어진다는 방식에 공감되요.

문학상을 타고 '작가'라고 불리게 된 다음에는 결핍과 열등감을 한 발짝 떨어져서 바라보며 관조하는 여유가 생겼어요. 열등감은 그대로인데, 그 열등감을 관찰하고, 연구하고, 그 시뻘건 감정 덩어리를 다듬어 글로 빚어 보는 과정을 거치면서 열등감의 온도를 감소시키는 식인 거죠. 결국 살아오면서 쌓은 관찰의 경험과 바라보는 방식이 글로 이어졌어요.

결핍으로 시작된 타인을 향한 관찰하는 마음은 세상을 어떻게 바라보도록 도왔나요.

타인을 이해하고 연민하게 했어요. 그리고 그 이해와 연민은 다시 나를 비추는 거울이 되기도 하고요. 내가 아닌 누군가의 생각과 삶 깊숙이 들어가는 경험을 통해 나에 대한 이해의 폭이 넓어지잖아요.

왜 그랬는지 모르고 넘어갔던, 그렇지만 마음에 걸려서 찜찜하게 품고 살아왔던 과거의 내 생각과 말과 행동을요. 내 안에만 머물던 생각이 외연을 확장하게 되고요. 내면에 많은 타인을 담아 봤기에 세상을 좀 더 다양한 프리즘으로 볼 수 있게 되는 거죠.

'제1의 정체성은 엄마다'라며 정체성을 뚜렷하게 밝히는 모습이 자유 로워 보였어요.

저도 과거에는 세련돼 보이는 작가로 어필하고 싶은 욕심 이 있었지만, 지금은 자유로워진 편이에요. 《엄마의 독서》를 쓴 이후부터 제1의 정체성은 엄마라고 이야기해요. 내 삶에 서 8할을 차지하는 게 엄마고 주부잖아요. 그게 가장 자연스 럽고 자유로운 것 같아요. 가장 나답기도 하고요.

엄마의 자리는 늘 멀리 존재한다. 가사노동과 돌봄노동이 라는 허들을 넘고 넘어, 돌고 돌아야만 겨우 도달할 수 있는 자리. 그 어렵게 차지한 자리가 떳떳하지 않다면 그 얼마나 공허한 도달인가. 꼭 지키고 싶은 자리 앞에서 비로소 내가 된다. 진정한 나의 이야기가 시작된다.

처음 글을 쓰게 된 건 아이를 재우고 나서였죠? 아이를 재우고 소설 을 쓰셨고, 그로부터 내 안에서 끓어오르던 첨예한 분노가 한풀 꺾이 는 걸 경험했다고 표현하셨어요. 구체적으로 어떤 분노가 어떤 방향 으로 꺾이는 경험을 하셨나요.

글쓰기는 나를 잊는 경험이었어요. 몰입은 현실에서 벗어 나 나를 잊어버릴 수 있게 하잖아요. 첫째 아이 5살 때, 둘째 아이 임신했을 때예요. 회사를 그만두고 사회에서의 자리를 잃어버린 후에 오는 고립감에 힘든 시절이었어요. 쓰다 보면 상념에서 벗어나 몇 시간이 훌쩍 흐르곤 했어요. 우울감과 불안감, 고립감으로 내 안에 꾹꾹 눌러 담아 둔 것들을 봇물 쏟아 내듯이 글에 쏟아부었죠.

도서관과 동네 책방에서 '자아를 탐구하는 여정'이라는 주제로 강연하는 데에도 그런 경험이 반영된 걸까요?

네. 그 프로그램의 큰 주제는 자아와 사회, 관계 탐구생활이었어요. 자아 탐구에서 중요한 것은 타인을 통해 나를 발견한다는 점이에요. 나를 알고 타인을 알면 좋은 관계를 맺을 수 있다는 게 핵심이죠.

나 자신을 알아간다는 것은 어쩌면 평생 하는 것인데, 특히 전 여성이 어린아이를 키우는 집중 육아의 시기에 대해 언급하고 싶어요. 이 기간엔 자기를 빼앗기고 아이 중심으로 시간이 흐르죠. 이때야말로 밀도 높게 타인에 집중하는 시기 잖아요. 그때 진정한 자아 탐구가 이뤄진다고 생각해요. 잃어버린 시간이 아닌 무언가 다른 것들을 채워 가는 시간인 거죠.

채워지는 데 대한 기쁨을 온전히 누리기도 전에 대부분 '나를 찾고 싶다'며 사회로 다시 나오고 싶어 하는 여성도 있는 것 같아요.

맞아요. 그런데 말이에요. 사람의 삶은 다 다른 것 같아요. 어떻게든 사회생활을 하고 싶어 하는 엄마도 있고, 주부로서의 자신, 엄마로서의 자신에게 만족하는 사람도 많아요. 어린 시절 엄마에 대한 결핍이 있던 경우에 아이와 시간을 많이 보내고 싶어 하고, 자신의 엄마가 전업주부로 행복하게 사는 모습을 보고 자란 경우에도 엄마로서의 자신을 꿈꾸기도 해요. 이것만 봐도 '엄마로만 사는 게 행복할 리 없어'는 아닌 거예요. 사람은 다 다르니까요.

살면서 걷게 되는 오르막과 내리막의 길. 자신이 겪는 인생의 한 시기를 어떻게 받아들일 것인가는 오롯이 자기 선택의 몫이다. 행복에 대한 다양한 학문적 정의 중에 '주관적 안녕감'이라는 것이 있다. 외부적 관찰이나 정의가 아니라 스스로 평가나 감성을 통해서만 행복을 설명할 수 있다는 개념. 행복의 결정권은 그 누구도 아닌 결국 나에게 있다.

나치 강제수용소를 체험한 유대인 정신의학자 빅터 플랭클 박사가 쓴 《죽음의 수용소》라는 책에는 자극과 반응 사이의 공간에 대한 이야기가 등장한다. 그는 그 공간은 우리가 선택할 수 있으며 그 선택은 우리의 성장과 행복에 직접 관련이 있다고 말한다. 사람의 내면에 존재하는 두 가지의 잠재력 중에 어떤 것을 취하느냐는 전적으로 '의지'에 달렸다는 것이다. 실제로 빅터 플랭클은 자신의 의지로 죽음조차 희망으로 승화시키며 인간의 존엄성을 지켜냈다.

힘들다고 푸념하던 시간이 선택과 의지의 문제임을 다시 깨닫는다. 어떤 태도를 선택할 것인가. 물음 하나가 움튼다.

소설과 에세이 등 다양한 장르의 글을 쓰고 계세요. 내 안의 이야기가 활자가 되어 나온다는 점에서는 같을 수 있지만, 이야기가 나오는 과정은 다를 것 같아요. 에세이가 되는 이야기와 소설이 되는 이야기는 무엇이 다른가요?

내 안에 해결해야 할 문제가 있고, 그 문제에 천착해 있을 때 에세이를 쓰는 것 같아요. 문제를 해결하고 치유하는 방법으로요. 소설은 상상에서 출발해요. 누군가를 만나면 그 사람의 이면을 상상해 보게 되는데요. 여러 상상이나 이야기 중에서 제 안에 끝까지 살아남은 게 소설이 돼요.

소설을 통해 전하고 싶은 건 무엇인가요?

저는 평범한 일상의 소재를 통해 제 이야기를 하고 싶어요. 제가 하고 싶은 이야기는 인간입니다. 길을 가다가 어느 집을 보면 거기 어떤 사람이 살고 있는지, 그의 삶은 어떠할지 궁금해지곤 하거든요. 아무리 보잘것없는 사람이라도 그에게는 다른 무엇보다 소중한 무언가가 있겠죠.

누군가와 만난다는 것은 커다란 우주 하나와 만나는 것과 같아요. 저를 포함한 모든 영혼에 존재의 연유와 정당성이 있다는 것을 입증하고 그들을 대신해 소리치는 게 제가 소설을 통해서 하려는 일이에요.

《모던 하트》로 '한겨레문학상'을 수상하셨을 때 '통속과 품위의 경계'에서 줄타기하는 작품이라는 평가를 받으셨어요.

제 생각에는 작가마다 몫이 있는 것 같아요. 저는 현실적인 이야기를 쓰잖아요. 저는 제 삶과 맞닿아 있는, 그리고 평범한 사람들과 맞닿아 있는 주제에 대해 쓰고 싶어요. 제가 끌리던 소설들도 그랬어요.

박완서 작가의 소설을 정말 좋아하는데, 그분의 작품에는 우리 생활의 가장 밀접한 지점들이 등장해요. 우리의 생활사와 풍속사, 역사가 다 작품에 담겨 있잖아요. 언급하신 '통속과 품위의 경계'라는 표현이 박완서 선생님의 소설과 딱 맞아떨어진다고 봐요.

소설가로서의 몫은 어떤 걸까요?

제가 좋아하는 작가는 현실의 끈을 놓지 않는 사람이었어요. 일상에서 접하는 문제 뒤에 감춰진 이면을 드러내는 몫을 하는 작가들도 있어야 한다고 생각해요. 저는 그런 쪽에 제 몫이 있는 게 아닐까 하고 생각해요. 그런데 일단 현실을 있는 그대로 드러내야 이면을 파헤칠 수 있잖아요. 그래서 저는 현실을 그대로 쓰려고 노력하는 편이에요.

《잠실동 사람들》에서는 명문대를 보내기 위해 초등학생인 아이들의 교육에 매달리는 엄마들을 현실감 있게 그려 내셨어요. 실제로 작가님의 자녀교육 방향은 어디로 향하는지 궁금하네요.

아이들이 중학교에 올라가면서 현실적인 고민을 하게 되더라고요. 어릴 땐 남들이 시키는 거 다 해 봤다가, 중간에는 대안교육도 알아보면서 학원을 안 보내기도 했고요. 지금은 뭐든지 '아이한테 좋은 건 하는 게 좋다, 뭘 하든 넘치지 않게, 여유롭게 하자'고 생각해요.

부조리한 교육 환경 안에서 지금 딱 맞는 대안을 발견할 수 없는 상황이지만 적어도 아이가 스스로 자기만의 길을 찾아갈 수 있었으면 해요. 전체를 보는 눈과 그 안에서 자기만의 방법을 찾아가는 노력, 메타인지를 기르면 좋겠어요.

흔히 여성이 겪는 육아 집중 기간에 대한 생각은 어떠한가요?

저는 이 시기를 타인을 관찰하고 타인과 부대끼면서 진정한 나를 알아가는 시기라고 봐요. 현실에 매몰되기보다는 한 발짝 떨어져 끊임없이 나를 관찰해 보는 게 필요해요. 평소 내가 좋아하는 것은 무엇인지 탐색하고 그 기간에 그 일을 붙잡고 가는 게 중요하다고 생각해요.

배우며 쌓아가는 시간으로 만드는 거죠. 그렇게 붙잡은 것들이 밑바탕이 되어 언젠가는 확장된 시기가 온다는 걸 알았어요. 당장 성과나 수입이 따라오지 않더라도 내가 좋아하는 것이라면 뭐든 좋아요. 놓지 않고 조금씩 물을 주면 꽃피울 날이 온다고 봐요.

세상을 보는 관점이 변하는 시기이기도 해요.

맞아요. 보이지 않는 것을 보는 어떤 힘과 관점의 변화가 일어나는데 그것은 타인에게 집중하기 때문에 가능한 것이죠. 타인에게 집중하고 헌신하는 게 나를 떠나 타인 안으로 들어가 나를 관찰하게 만들어요. 보이는 부분이 다르죠. 결국 시야의 확장이 일어나는 거예요.

자기의 특성과 한계가 무엇인지 발견하게 되기도 해요.

저도 그렇게 생각해요. 의외로 '나에게 이런 면이 있구나'라며 나 자신을 발견하게 되죠. 이러한 발견은 내 삶의 중심축이 타인에게 옮겨 갈 때 일어나는 화학작용 같은 겁니다. '자아'가 다른 '자아'로 철저하게 무게 중심을 이동하는 건 어쩌면 여성만이 할 수 있는 특별한 경험이에요. 이 과정을 거쳐 나의 세계는 더 넓고 깊어지죠. 인생에 그렇게 타인과 교감하는 진한 경험은 육아밖에 없는 것 같아요. 그 시기를 긍정적인 관점으로 인생의 밑거름으로 삼으면 좋겠어요.

힘든 시기에 작가님은 어떻게 자신을 지켰나요.

읽고 쓰면서 지나왔어요. 대단한 목표가 있던 것도 아니에요. 소설가, 작가가 되겠다고 생각할 겨를도 없이 그저 좋아서 하던 일인 것 같아요. 읽고 쓰는 시간만큼은 현실에서 벗어나 몰입하던 순간이었어요. 그것만큼 즐거운 게 없잖아요. 주로 일본 추리 소설을 읽었는데 읽다 보면 현실로부터 멀리 달아나는 경험을 했어요. 견딜 힘이 되는 거죠. 현실을 견디게 한 것도, 지금의 내 모습을 이끈 것도 책이네요.

요즘엔 독서모임, 글쓰기 모임 같은 커뮤니티가 활발하잖아요. 참여한 모임이 있었나요?

저는 혼자였어요. 요즘엔 독서모임 등의 커뮤니티가 활발하게 진행되고 있어서 참 다행이에요. 책 읽는 커뮤니티가 우리 사회에 미치는 영향은 긍정적이라고 봐요. 특히 여성, 엄마들의 책모임이 지니는 의미가 크다고 생각해요. 우리 사회는 이미 자본주의 시스템이 깨졌어요. 가정의 프레임도 변화를 거듭하고 있고요.

저는 이런 흐름 덕분에 이미 우리 사회 안에서는 아이를 키우는 부모의 목소리에 힘이 실리고 있다고 보거든요. 예전엔 아이 키우는 사람들이 사회의 비주류 영역에 있었다면, 지금은 주류의 목소리, 그야말로 세력이 되어 가고 있다고 봐요. 그런 움직임의 선두에 선 것이 여성의 독서모임이고요. 다행인 것은 점점 다양한 목소리를 수용하는 쪽으로 사회가 흘러가고 있다는 거죠. 더 많은 사람이, 더 큰 목소리로 우리가 할 수 있는 이야기를 하면 좋겠어요.

아이를 키우는 일이나, 글을 쓰는 일, 삶의 전 과정에서 작가님의 일관된 태도를 느꼈어요. 물음에 대한 답을 집요하게 파고드는 자세요.

절망에서 나오는 힘이죠. (웃음) 절실했어요. 결혼 후에 한 10년 되니 못 참겠더라고요. 내 안에 자리 잡은 모성 신화는 끊임없이 저를 죄책감과 불안감에 빠져들게 하더군요. 그 문제를 풀어 보려고 절실히 매달렸어요. 그게 《엄마의 독서》가 된 거고요. 절망적인 순간이었지만 내 얘기를 꺼냄으로써 타인과 연결되고, 관계하며 또 다른 해답을 찾게 되더라고요.

작가님만의 문제 해결 방식은 무엇인가요.

문제가 발생하면 질문이 생겨요. 왜 이런 일이 일어났을까? 저 사람은 왜 그랬을까? 하는 의문을 붙잡고 가요. 그다음엔 문제를 둘러싼 환경을 조사하고 알아 가는 과정을 거치는 편이에요. 그런 지식이 쌓여 앎의 과정에 들어가게 되면 보이는 게 있어요.

책에서 아이를 키우면서 가장 힘든 것으로 '외로움'을 꼽으셨어요. '고립감'을 느꼈을 때 그림책을 읽으셨다고요. 영향을 받은 그림책에 대한 얘기도 들려주세요.

아이들이 어렸을 때 그림책을 읽어 주게 되잖아요. 그림책을 읽다가 어느 순간 그림과 글이 맑게 내 안으로 들어오는 순간이 있더라고요. 제게 그림책은 또 다른 타자의 세계였어요. 그림책을 접하는 일은 나와 타인과의 국경을 넓혀 가는 일이었죠.

돌봄과 육아라는 강제적 상황에서 마주한 그림책과 그림책 작가라는 타인에게 접속하면서 또 다른 세계에 발을 들여놓게 되었어요. 그림책이 주는 정화와 위안을 맛볼 수 있었고, 덕분에 미술에 관심이 넓어졌죠. 서양미술사에 빠져 공부도 했고요. 사람이 정말 외롭고 힘들 때 그 순간 다가오는 게 쏙 흡수되는 경우가 있어요. 제겐 그림책이 그랬어요.

쓰고 싶은 것을 쓰는 태도와 소신을 지키는 능력을 기르기 위해서는 어떻게 해야 할까요? 선택의 갈림길에서 '자유롭게 내가 원하는 것을 선택'하게 하는 건 뭐라고 생각하세요.

좋아하는 마음과 절실함이죠. 결국 그 마음이 내가 원하는 것을 지킬 수 있게 해요. 자발적인 의지를 이길 수 있는 것은 없다고 생각해요. 좋아하는 것을 따라가다 보면 내 소신이 생기고, 하고 싶은 일도 자유롭게 원하는 방향대로 선택하게 되는 것 같아요. '당장 돈이 되지 않더라도 난 이걸 하면 너무 좋아'라고 할 수 있는 일을 많이 쌓으면 좋겠어요. 결국 이게 자유로운 삶, 원하는 삶으로까지 확대될 테니까요.

좋아하는 여성 작가가 있으신가요.

박완서 작가의 글을 좋아해요. 그분의 작품이 지금이야 훌륭한 문학 작품으로 위상을 차지하고 있지만 사소설이나 여성지 수기 정도로 폄하되던 때도 있었죠. 여성이라는 정체성을 붙잡고 힘들어하던 때에 그의 소설에서 다양한 여성의 생생한 서사를 마주하며 용기를 얻곤 했습니다.

글을 쓰는 데 영감은 주로 어떻게 얻으시나요.

글을 쓰다가 구체적인 상황이나 정서를 담지 못할 때가 있어요. 그럴 땐 질문을 품은 채 살아가는 거죠. 그렇게 일상을 보내다 보면 어느 순간 떠오를 때가 있더라고요. 주로 몸을 움직일 때 그런 경험을 해요. 아마 공감하실 거예요. 샤워할 때, 집안일할 때, 산책할 때가 그렇죠.

앞으로는 어떤 글을 쓰고 싶으세요. 집필 계획이 궁금합니다.

새로운 장르에 도전하고 싶습니다. 한곳에 정착된 작가보다 다양한 지점과 시각에서 유동적으로 움직이는 작가가 되고 싶거든요. 역사 소설을 좋아해서 역사를 탐구하고 싶고요. 《토지》,《태백산맥》처럼 대하소설에도 도전하려고 계획하고 있습니다.

마지막으로 살면서 빼앗기면 안 되는 중요한 건 무엇이라고 생각하세요.

내 삶에서 자유만큼은 놓치지 말자고 생각해요. 자유는 스스로 만들어 가는 것 같아요. 자유로운 사람인지 아닌지는 그 사람이 용기 내어 지속한 일이 설명해 준다고 봐요. 자기가 좋아하는 것을 포기하지 않고 밀고 나가는 이가 곧 자유로운 사람이죠. 소박하고 작게 목표를 정하고, 지금, 이 상황에서 할 수 있는 것을 당장 해 보고, 그게 자유로운 삶과도 이어지리라 믿어요.

정아은 작가의 '자유'라는 말 앞에 아이의 색종이를 떠올렸다. 아이와 함께하는 날이면 늘 가방 안에 빨강, 노랑, 파랑 색종이가 가득 담겨 있었다. 아이는 좁은 차 안, 비좁은 대중교통 안에서 색종이로 자기만의 자유를 찾는다. 마음껏 오리고, 붙이고, 접고, 펼쳐서 만드는 자유로운 나만의 세상. 때론 구겨지고, 접히고, 찢기기도 하고, 얇고 날렵한 종이에 손이 베여 따끔한 세상을 맛보기도 한다. 하지만 아이에게 색종이는 자유 그 자체. 마음껏 펼치고 접을 수 있는 그 자유만으로도 흥미진진하다.

누구에게나 주어진 삶이라는 색종이를 마음껏 펼치고 접을 수 있는 의지만 있다면 무엇이든 만들 수 있다. 비행기, 조각배, 꽃잎, 종이학까지. 마음의 자유가 만들어 낸 다채로운 모양. 절대 잃지 말아야 할 것들은 오롯이 자기 마음 안에 존재한다. 당당히 나다운 자유를 선택할 마음.

자기 언어로 쓰인 다정한 이야기

　유난히 맑고 쨍한 날이 있다. 정아은 작가를 만나러 가던 날의 하늘이 그랬다. 그날따라 맑은 탓에 세상 모든 것이 선명하고 깨끗했다. 청명한 공기 사이로 보이지 않던 것들이 존재감을 드러낸다. 구멍가게의 독특한 간판, 날아다니는 꽃가루, 지저귀는 새. 어쩌면 자기 언어를 찾는다는 건 맑은 날 비로소 드러나는 존재들처럼 나의 존재가 선명해지는 일이다. 내가 누군지, 어떻게 살아가는지, 무엇이 다른지 진짜 내 모습을 나의 언어로 드러내는 일 말이다.

　정아은 작가의 관찰하고, 인정하고, 읽고, 쓰며 사는 삶은 자기에게 일어난 부조리함과 누군가가 겪는 혼란을 제대로 설명할 '언어'를 찾고 이야기를 발굴하는 여정이다. 그녀는 삶이 엉키던 순간 글을 썼다. 아이들이 잠든 밤 서재로 들어가 글을 쓰며 버텼다. 글을 쓰는 동안 문제가 해결되진 않았지만 적어도 문제의 이유는 파악할 수 있었고, 그 이야기는 글로, 삶으로 재편집되었다. 이유를 찾고, 언어를 되찾는 일은 혼란으로부터 평범해지고, 잃어버린 것을 되찾게 했다.

리베카 솔닛은 "해방은 이야기를 짓는 과정"이라고 말한다. 이야기를 깨뜨리고, 침묵을 깨뜨리며, 새 이야기를 지어가는 과정. 그는 자신의 이야기를 스스로 말할 수 있는 사람이 자유로운 사람이라며, 가치를 인정받는 사람이 된다는 것은 곧 자신의 이야기가 설 자리가 주어지는 사회에서 산다는 걸 의미한다고 했다. 리베카 솔닛의 언급처럼 정아은은 혼란스러운 일들을 차근차근 되짚어 보며 쓸고 닦아 정갈하고 단정하게 배열하며 자기 이야기가 설 자리를 스스로 만들어 냈다. 그렇게 그의 이야기는 곧 다른 이의 이야기로 나아간다.

나답게, 나로 홀로 선 사람은 어쩌면 크게 아파 본 사람일지도 모른다. 수많은 삶의 난관에 베이고, 치이고, 깎이며, 멍든 체험은 더 이상 세상이 정해 놓은 기준에 자기 몸을 맡기지 않는다. 타인이 아닌 내 몸에 딱 맞게 스스로 재단한 옷을 입는다. 그리고 그 옷이 뿜어내는 편안함에서 내 몸이 가장 자유로워지는 순간을 맞이한다.

삶의 굵직굵직한 사고 뒤에 남은 아픔은 나만의 옷을 재단해 가는 과정일 것이다. 고립감과 우울감, 누군가로부터 외면당한 상실감, 불안감, 타인에게 베인 상처 등 감정이 아물고 내 몸에 딱 맞는 가장 적합한 옷에 안도감을 느끼는 듯 각자의 상처를 마주하며 내 몸에 가장 맞는 스타일을 찾아나간다.

정아은 작가의 스타일을 떠올린다. 옷매무새며, 말하는 화법, 책에 담긴 이야기까지 깔끔하고 군더더기 없던 정갈함에서 '단정함'이라는 그녀의 스타일을 짐작했다. 우리 안에 뒤죽박죽, 얽키고설켜 뭉텅이진 질문은 작가의 펜 끝에 이르러 정갈하고 깔끔하게 정돈되었다. 착착 착착 단정하고 다정한 이야기가 펼쳐진다.

글에 담긴 세세한 결은
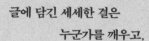
누군가를 깨우고,

다시 얽키고설켜
더 큰 변화를 자극한다.

피아니스트
조현영

07

피아니스트이자 예술강의 기획 회사인 '아트앤소울' 대표. 연주하고, 글 쓰고, 국내 여러 대학에서 피아노 전공 실기 및 예술철학, 음악교육학을 강의했다. 네이버 오디오클립 팟빵에서 '조현영의 올 어바웃 클래식'을 진행하며 《클래식은 처음이라》, 《오늘의 기분과 매일의 클래식》, 《피아니스트 엄마의 음악 도시 기행》, 《조현영의 피아노 토크》 등을 썼다.

피아니스트
조현영

오후 4시, 손끝에 스민 서툰 음악

버텨 낼 인내, 용기, 열정이 필요할 때면 피아니스트의 연주 장면을 꺼내 들곤 한다. 네모난 모니터 사이로 흐르는 피아노 선율과 건반 위 손가락의 움직임에 집중하다 보면 삶의 스위치가 다시 켜진 듯 어느새 감각이 되살아난다. 열정적인 손놀림에서 단단한 신념, 삶의 의지 같은 것을 읽을 수 있게 된 건 어릴 적 알사탕을 입에 물고 배우던 피아노 덕분이다.

내게 피아노는 달달한 알사탕의 맛이다. 악기만이 낼 수 있는 언어와 악보 안에 숨겨진 암호들. 알사탕을 살살 녹여, 와삭와삭 씹으며 느낀 달달하고 새콤한 맛을 잊을 수 없다. 초등학교 2학년쯤 동네 학원에서 처음 피아노를 배웠다. 학원 선생님은 연습량을 채운 사람에게는 조금 크고 설탕이 박힌 단단한 알사탕을 나눠줬다. 피아노라는 또 다른 세계가 펼쳐진 그날부터 난 사탕을 입에 문 채 어디에서든, 누굴 만나든 양손을 펼쳐 도레미 도레미 손가락을 움직이는 피아노 치는 아이가 되었다.

"너 피아노 치는구나~", "피아노 배우니?"라는 질문을 곧잘 받곤 하던 난 동네에선 알 만한 사람들은 다 아는 피아노 치는 아이였다. 허공에서의 피아노 연주가 무르익을 무렵, 피아노의 신비에 푹 빠져든 첫 외손녀에게 외할아버지께서는 시골에서 땀 흘려 키운 농작물을 팔아서 반들반들한 목재 향판의 갈색 업라이트 피아노를 선물했다.

그날 이후 밥을 먹다가도, 학교를 마치고 집에 돌아와서도 내 자리는 늘 피아노 앞이었다. 한 곡을 오랜 시간 연습하고 난 후의 성취감에 뿌듯해했고, 특별한 내가 되는 것 같아 어깨가 으쓱했다. 피아노는 외할아버지의 따뜻한 품으로, 다정한 친구로, 입 안에 녹아드는 사탕 맛으로 지금껏 남아 있다.

잡지사에 들어가 받은 첫 월급으로 산 것도 피아노였다. 퇴근 후 밤마다 헤드셋을 쓴 채 좁은 원룸에 어울리는 콤팩트한 디지털 피아노를 두드리며 그날의 피로를 풀곤 했다. 온갖 감정을 쏟아 내고, 잃어버린 감각을 간신히 되살려 삶의 무게를 감당하던 때다.

결혼 후 오랜 기간 묵혀 뒀던 피아노의 감각을 의식하게 된 건 종일 아이와 씨름하다 체력이 한계에 다다를 때쯤이었다. 잊고 살던, 먼지가 뽀얗게 내려앉은 거실 한편 피아노 앞에 앉았다. 그렇게 먼 길을 돌고 돌아 힘겹게 피아노 건반 뚜껑을 열었을 때의 반가움이란. 피아노 앞에서 한참을 머뭇거리다 어린 시절 친구와 함께 연주하던 곡이 떠올랐다. 드라마 OST를 편곡해 우리만의 악보를 완성하곤 하던 그때는 악보 위에 음표를 하나하나 기록하며 특별한 우정이 쌓인 시간이기도 하다. 까르르 웃던 우리의 앳된 얼굴을 추억했다. 잠시, 그늘진 마음이 환한 웃음을 되찾는다. 무대 위 화려한 조명을 받은 것처럼 밝아졌고, 나아졌다.

어느 날 아이가 내 손을 잡아 피아노 앞으로 이끌었다. 갓 돌을 넘긴 아이는 신기하게도 보채지 않고 피아노 옆에서 건반을 두드리는 엄마를 한참 지켜봤다. 초롱초롱한 시선은 엄마의 두 손에 두고, 까치발을 든 채 피아노에 기댄 아이의 모습은 제법 진지했다. 작고 여린 관객을 의식하자 엇갈리던 박자가 제자리를 찾고, 굳었던 손가락이 부드럽고 자연스러워졌다. 손끝에 스며든 아이의 작은 다정함이 서툰 연주를 무르익게 했다.

훗날 어른이 된 아이에게 세상에 홀로 남겨진 듯한 쓸쓸함이 찾아올 때면 문득 엄마와 함께 들었던 피아노 소리를 떠올리며 따스한 위안을 받기를. 혼자만의 작고 희미한 독백을 입술로 달싹거리며 아이 앞에서 연주를 이어 갔다. 더 나은 내가 된 것처럼, 꼭 필요한 사람이 된 것처럼 생생했고 충만했다.

제법 시원한 가을바람이 솔솔 불던 오후, 열어 둔 창문 사이로 아파트 마당을 쓸고 계시는 경비아저씨의 빗질 소리가 경쾌했다. 그날도 피아노 앞에 앉았다. 열심히 악보를 짚어

가며 몰두해 피아노를 두드리던 사이, 잠시 빗질을 멈추고 쉬고 계신 아저씨가 거실 창으로 비친다. 내 이야기를 건네듯 피아노 소리를 흘려보냈다. 잔뜩 힘이 들어간 내 두 손은 못다 한 이야기를 풀어내듯 애틋했다. 하찮은 연주가 고된 시간을 보내는 누군가에겐 다정한 음악으로 다가갈 수 있을지도 모른다는 생각에 이르자 신이 났다.

낯설고 소외된 자리에서 새롭게 보이는 것들이 싫지 않았다. 몸부림치듯 버텨 내던 시간과 쓸고, 닦고, 키워 내며 겪은 고된 노동이 준 선물이 이토록 상큼하고 달달할 줄이야. 온전히 나를 내어 주고, 멈추지 않았다면 얻지 못할 순간이 내 앞에 펼쳐진다. 그렇게 난 매일 오후 4시의 리사이틀을 열었다. 단 2명의 관객 앞에서의 우당탕탕 어긋나고 삐끗한 연주였지만 나만의 관객을 의식하며, 누군가를 위해 무언가를 할 수 있다는 생각만으로도 나의 표정은 환해졌다.

88개의 건반 위로 내 존재의 힘이 닿자, 해머는 일정한 속도로 현을 두드려 나갔다. 속도가 빠르면 센소리로, 느리면 여린 소리로. 그렇게 하나의 음악이 완성됐다. 각기 다른 일상의 순간이 모여 하나의 삶을 이루는 것처럼. 시행착오를 거치며 내 삶이라는 곡에 가장 잘 어울리고 정확한 운지법을 익혀 간다. 어긋나고 삐걱대는 연주 과정에서 깨닫게 된 건 삶을 연주하는 법일지도 모른다.

청각은 다정함을 감지하는 가장 빠른 길

"은밀하게 귀를 기울이는 사람에게 조용한 음이 들려온다" 독일의 음악가 로베르트 슈만은 환상곡을 준비하며 악보의 서문에 프리드리히 슈레겔의 말을 인용했다. 은밀하게 귀 기울인 채 들려오는 소리를 감지한 한 음악가처럼 세상의 소리, 내면의 소리, 안팎으로 들리는 소리 한가운데서 삶의 소리를 발견한다.

다이앤 애커먼은 《감각의 박물관》에서 감각이란 세계와 나 사이에 놓인 창이라고 한다. 창을 통해 나와 세계가 만나고, 그 관계를 인식하며 나의 존재에 닿는 것이라고. 피아니스트 조현영의 창은 '듣는 것'에서 비롯된다. 그는 삶의 아주 짧은 스치는 순간에도 청각적 정보를 흡수한다. 주변 곳곳에서 흐르는 클래식의 음률을 민감하게 느끼고 알아채며 음악에 기대어 세계를 해석하고, 세계와 소통하고 자신을 표현한다. 귓가에 맴도는 음악이 늘어날수록 삶에 대한 이해의 폭은 그만큼 넓어진다.

    세상을 향해 흐르던 음악은 돌고 돌아 다시 나를 향한다. 덕분에 음악은 나를 가장 이해하게 만드는 것이자 나답게 만드는 장치로 어느덧 내 옆에서 자신이 낼 수 있는 가장 적합한 소리를 조율한다. "제가 한 연주를 연구하고 관찰하다 보면 나에 대한 이해가 깊어져요. 어디에서 부족하고 넘치는지, 빠르고 느린지 객관적으로 자신을 관찰할 수 있게 되거든요" 나를 깊게 관찰하던 음악은 이해를 넘어서, 나를 더 나은 나의 자리로 슬쩍 밀어 넣기도 한다.

    삶이 엉키고 두려울 때마다 고개를 들고, 기쁜 음의 소리를 연주한다. 두려움은 곧 음이 창조한 기쁨의 소리에 묻혀 자취를 감추곤 하니까. 음악이 주는 행복감은 두려움을 딛고 일어서서 기뻐하는 나를 되찾게 한다. 어느새 난 기쁨의 자리에서 웃고 있다. 살다 보면 종종 자신을 압도하는 감정을 표현하기 위해서 음악 앞에 서곤 한다. 내 안의 감정들이 누구에게도 해를 끼치지 않으면서 자유롭게 넘쳐흐를 수 있게 하는 가장 안전한 곳, 음악 안에서 마음껏 흘러간다. 이것이 음악이 주는 진정한 자유다.

    재즈 음악과 꽃, 식물로 작은 공간을 꽉 채운 골목 안 카페에서 피아니스트 조현영을 만났다. 피아니스트이자 작가, 강연자 그리고 한 아이의 엄마로 바쁜 일상을 보내는 그녀를 인스타그램의 일상 기록으로 처음 대했다. 오늘의 클래식, 오늘의 책, 일상의 소소한 이야기와 사진이 어우러져 빚어낸 장면은 음악이 들리는 듯 리듬감이 넘쳤다. 피아니스트의 정체성을 잃지 않으면서 엄마의 자리에서 씩씩했고, 다정했다.

"더 잘 들리고, 더 잘 느낀다는 건 살아 있음을 감각하는 것과 같아요. 살아 있기에 감각할 수 있으니까요. 보통의 일상과 공간에서 나만의 감각으로 특별함을 발견해요. 덕분에 삶이 풍요로워지죠. 거기서부터 음악은 시작된다고 봐요"

음악을 매개체로 일상적인 존재 저 너머의 세계로 올라가는 듯하다가도 다시 일상으로 내려와 작고 소소한 기쁨을 차곡차곡 모아 둔 유연한 삶의 방식이 산뜻했다. 그녀가 펼치는 예술론은 넘볼 수 없는 높이를 지닌 장벽이라기보다는 언제든지 넘나들 수 있는 낮은 울타리처럼 느껴졌다. 일상으로 더 가까이 다가온 편안하고 자연스러운 존재로 말이다. 예술과 일상, 그 경계선에서도 그녀의 명확하고 선명한 정체성은 흐트러짐이 없다. 그렇게 음악을 가족과의 에피소드, 사람들과의 만남, 읽은 책과 본 영화에 대한 기록 안으로 슬쩍 끌어들인다.

삶은 창조적 행위, 즉 글을 쓰거나 음악을 하는 데 영향을 준다. 반대로, 개인이 지닌 재능이나 예술성이 그의 삶과 정체성을 규정하는 새로운 지표가 되기도 한다. 이를 그녀의 음악적 정체성과 삶을 대하는 안목에서 가늠한다.

피아니스트로서의 정체성은 가장 나다운 나를 찾게 했고, 엄마의 자리에서 자신이 내어 줄 수 있는 최상의 것을 아이에게 흘려보내게 했다. 고된 훈련의 시간 또는 험난한 세상의 파고에 휩쓸리던 시간이 도래한 적도 있다. 그럴 때마다 운명 같은 음악에 기대 88개 건반 위에서 연주하듯 자신에게 가장 적합한 소리를 찾아갔다. 자신과 닮은 작곡가 바흐의 음악에서 안도감을 느끼고, 엄마의 자리를 끝까지 지켜낸 독일 작곡가 슈만의 부인 클라라 슈만에게서 삶의 태도를 배워 가며.

인터뷰에서 그에게 묻고 싶던 건 예술 감각이 한 사람의 인생에 어떤 영향을 미칠 수 있는지, 예술과 일상의 경계선에서 자신의 자리를 지키는 법은 무엇인지에 대한 것이다. 결국 모든 것은 어떻게 살 것인지에 대한 문제로 이어졌다. 예술도 일상도 모두 삶의 한 부분이라는 걸 다시 깨달았다.

둘러싼 공기로 변모하는 음악. 삶 안에서 평정심을 찾고, 위안을 얻고, 용기를 장착하는 음악의 근원적인 힘을 감지한다. 삶의 소음을 뚫고 의연하게 내 귀에 당도하는 살아 움직이는 음악을 경험한다. 그녀와의 대화는 매일 내딛는 일상을 창조적으로 이끄는 새로운 감각의 창을 냈다. 가장 알맞고, 단단한 자기만의 창이다.

영혼의 구원을 일으키는 음악의 거대성을 차치하고라도 일상 속 음악은 삶의 위안으로, 속 깊은 다독임으로, 환희로,

영감으로 다가온다. 자기만의 감성으로 예술에 감응하는 예술 감수성은 삶을 좀 더 자유롭게, 다르게 보는 방식을 제안한다. 틀에 박히거나 강요된 생각이 아닌 '다른 생각 방식'에 짜릿한 해방감마저 든다.

그런 의미에서 조현영은 자기만의 감성을 온몸에 장착한 사람이었다. 마음껏 감각하며 산다는 게 얼마나 삶을 생생하게 만드는지 확인하며 시작된 어느 피아니스트와의 대화. 예술을 삶으로 끌어와 내 옆에 나열하자, 음악이 지닌 다정한 표정이 차곡차곡 쌓여 간다. 사유가 듬쑥듬쑥 깊어진다.

피아니스트로 살면서 자연스레 길러지는 감수성이 부러워요. 인스타그램 피드에서도 음악이 들리는 듯해요. 업로드하시는 일상 사진, 오늘의 음악 라벨, 오늘의 생각이 어우러지면서 리듬감을 느꼈어요.

그렇게 봐 주시니 고마워요. 피아니스트로 음악을 하며 살다 보니 다르게 보이는 게 분명 존재해요. 그렇게 제 안에 담아 둔 것을 긍정적으로 활용하며 살려고 애쓰는 거죠. 책의 문장, 하루의 단상 같은 것을 쓰다 보면 자연스레 음악과 작곡가의 삶과 연결돼요. 조금은 다른 방식으로 세상을 감지하는 나만의 방법인 거죠.

제가 할 수 있는 이야기를 인스타그램에서 사람들과 나누는 것도 기쁜 일이고요. 예술가도 알고 보면 평범한 사람들이었어요. 흔한 일상, 보통의 모습과 닮았죠. 그렇게 사람들이 클래식과 친해졌으면 좋겠어요. 우리의 일상처럼 가깝게 대했으면 하는 마음으로 여러 채널을 활용해 이야기를 나누려고 노력하고 있습니다.

예술가들도 알고 보면 평범한 사람들이라는 말에 예술에 대한 편견이 허물어지네요.

작곡가들이 만들어 낸 음악은 음악 안에 그들의 삶이 고스란히 담겨 있다고 보면 돼요. 몇백 년 전의 그들도 오늘날의 우리와 똑같이 밥벌이를 고민하며 돈을 벌기 위해 원하지 않는 곡을 만들어야 했고, 결코 뛰어넘을 수 없을 것 같은 실력의 라이벌 때문에 좌절하기도 했죠. 바흐도 자신의 가정에 충실하면서 음악가의 삶을 살아 낸 가장이자 음악가로 평범한 삶의 울타리 안에 머물던 사람이었죠.

예술이나 클래식 음악에 대한 편견을 자기도 모르게 갖고 있는 사람이 많아요. 음악을 어렵고 멀게만 느껴요. 그 안에 간극을 좁히는 게 제 사명이라면 사명인데요. 저는 사람들이 음악과 삶 사이에 놓여 있는 벽을 허물고 일상을 대하듯 편안하게 다가갔으면 좋겠어요. 지식에 기대지 않고 그저 마음 편하게 귀를 기울이면 그걸로 충분하다고 봐요. 흘러나오는 음악에, 작곡가의 삶에, 지휘자의 감정에, 연주자의 이야기에 편안한 마음으로 귀 기울일 때 나만이 들을 수 있는, 음악을 통해 듣고 싶은 진짜 이야기를 들을 수 있으니까요,

예술적 감수성은 어릴 때부터의 재능인가요? 최초의 음악적 경험이 무엇이었는지 기억하세요?

아주 어릴 때, 피아노를 갖기 전에 아파트 창문 너머로 들려오는 소리에 귀 기울이곤 했어요. 청각이 예민했거든요. 그중에서도 멀리서 들려오는 피아노 소리가 참 멋지다고 생각했어요. 《먼 북소리》에서 멀리서 들려오는 북소리에 이끌려 긴 여행을 떠났다는 무라카미 하루키의 표현처럼 멀리서 들려오는 피아노 소리에 이끌렸고 상상 속에서 여행을 떠나듯 늘 피아노를 특별한 존재로 동경하던 시절이죠.

예민한 청각은 일상에 어떤 영향을 미쳤나요.

세상에는 다양한 소리가 존재하잖아요. 예민한 청각 덕분에 듣기 편안한 저만의 주파수 같은 소리를 만나면 나도 모르게 기민하게 반응하게 돼요. 저만 들을 수 있는 리듬을 감지하곤 하는데, 그 순간 세상이 참 다정해지죠. 소리에 예민하다는 건 새로운 언어를 알고 있다는 것과 같은 의미예요. 세상을 다른 방식으로 해석하고, 덕분에 남들이 볼 수 없는 것을 감각할 수 있게 돼요. 세상을 좀 더 자세히 보게 되고요.

예를 들어 TV에서 흘러나오는 음악을 거리에서 들으면 작곡가와 곡명이 먼저 떠올라요. 그때 음악에 관한 스토리와 그 순간이 어우러지면서 특별한 감정을 경험하는 식입니다. 다른 언어로 세상을 느끼는 일은 삶의 또 다른 즐거움을 경험하게 해요. 살면서 행복을 느끼는 순간이 자주 찾아온다고 할 수 있어요. 주어진 하루가 잘게 조각으로 쪼개져 인식되는 것처럼 느껴지고요. 소소한 감동과 행복으로 일상을 채울 수 있어서 더 예민하게 듣게 되나 봐요.

　일상 속 가장 좋아하는 소리를 꼽으라면 빗소리. 흐르는 피아노의 음률만큼 자연이 내는 음률에는 마음을 움직이는 힘이 있다. 애써 오디오를 켜지 않아도, 이어폰을 꽂지 않고도 주변에 존재하는 소리만으로도 충분히 음악을 즐길 수 있음을 그녀를 통해 발견한다. 삶의 또 하나의 기쁨을 발견한 듯 즐겁다. 다정함에 가장 빨리 닿을 수 있는 감각은 '청각'일지도 모른다. 한여름 시원한 소나기 소리로, 사무치게 기대고 싶은 날 창문 틈 흘러나오는 피아노 소리로, 슬쩍 건네는 누군가의 짧은 인사로, 산책길 조잘조잘 참새의 지저귐이 특별하게 다가오는 이유다.

　마음이 헛헛한 날엔, 포옹 같은 소리에 살포시 안긴다. 카페의 웅성거림에서 위안을 얻고, 산책길에 마주하는 자연의 소리에 귀를 기울인다. 세상의 소리는 안아 주는 마음이 된다. 긴장은 풀어지고, 마음은 한층 더 포근해진다. 일상에 존재하는 고유한 소리. 세상의 모든 소리에서 다정함의 흔적을 찾는다. 밑줄 친 흔적들은 연필 소리에 섞여 서랍 안에, 책갈피 속에 가득 쌓여 간다.

예술은 삶의 본질에 집중하게 만드는 힘이 있네요. 작가님의 소리에 몰두하는 모습을 보면서 흔히 음악이라고 여기는 개념을 확장한다는 생각이 들어요.

맞아요. 저는 생의 소중함을 더 깊고, 더 예민하게 느끼며 살아가는 예술가의 삶의 방식을 존중하고 싶어요. 더 잘 들리고, 더 잘 느낀다는 건 살아있음을 감각하는 일과 같아요. 살아있기에 감각할 수 있으니까요. 보통의 일상과 공간에서 나만의 감각으로 특별함을 발견해요. 덕분에 삶이 풍요로워지죠. 거기서부터 음악은 시작된다고 봐요.

피아니스트로서 지난 시간을 돌이켜 보면 음악과 피아노가 삶에 어떤 관점을 부여하고 영향을 미쳤다고 보세요.

피아노는 나를 가장 나답게 해요. 음악도, 글 쓰는 일도, 아이를 키우는 일도 나를 찾아가는 과정이잖아요. 연주하는 나를 관찰하다 보면 나에 대한 이해가 깊어져요. 연주는 딱 자기만큼의 실력이 나오거든요. 연주는 수정이 불가능하잖아요. 현장성 예술이라는 표현도 있으니까요. 연주 후 무대 아래로 내려올 때마다 '아직 난 더 성장해야 해', '이런 부분에선 아직 사랑이 필요해'라고 깨달아요. '여긴 여전히 빠르게 연주했네'에서 '난 빠른 사람이구나'를 발견하고요.

연주는 이렇게 나의 진짜 모습을 만날 수 있는 과정이에요. 나 자신을 되돌아보게 합니다. 이것이 음악이 존재하는 본질적 이유이기도 하죠. 음악 감상도 마찬가지예요. '나를 만나고 싶다'는 마음에서 시작해서 음악으로 확장될 때 감지되는 미묘한 감각과 감정이 있어요. 여기에 집중해 보면 좋아요. 그동안 제대로 알지 못했던 자기를 발견해 가는 과정을 경험하게 됩니다. 거기에서부터 가장 나다운 정서를 찾아가는 거예요.

종종 살다가 웃고, 울고, 환희를 느끼고, 평정심을 되찾는 장면은 음악과 함께 온다. 더 이상 갈 곳이 없다는 삶의 열패감에 빠진 날 경쾌하고 우렁찬 음악을 들으며 걷는다. 소음을 의연하게 헤치고 귀에 당도하는 피아노 선율에는 다시 걷게 하고, 다시 일어나게 하는 힘이 있다. 철저히 차단된 고독 속의 음악보다는 일상의 삐걱거리는 소음이 즐비한 현실에서 음악이 빛을 발할지도 모른다. 조현영은 음악이 지닌 본질을 훼손하지 않은 채 삶을 살듯 예술을 펼쳐 낸다.

피아니스트로서 겪은 삶의 가장 큰 변화는 무엇이었나요?

엄마가 되는 일이었어요. 피아니스트로 살기 위해서는 자유로운 싱글의 삶이 최고라고 확신하며, 결혼과 엄마의 자리는 상상하지도 않았거든요. 막상 결혼하고 아이를 낳게 되자 피아니스트로 사는 무대 위의 삶과는 360도 다른 삶이 펼쳐졌어요. 이 두 가지의 삶을 곡에 넘듯 이어 가는 건 생각보다 힘들고 고된 일입니다. 예술가로서 욕심을 앞세우면 아이에게 탈이 나고, 아이에게 신경을 쓰다 보면 예술가로서의 삶이 허약해졌어요. 그 경계선을 늘 곡예 넘듯 아슬아슬 넘나들곤 했지요.

결혼, 출산, 육아는 피아노 연주에도 영향을 미쳤을 것 같아요. 무엇이 어떻게 달라지던가요.

엄마가 된 후에 연주와 삶이 더 부드러워졌어요. 성격도 둥글둥글해졌고요. 전적으로 연주에 몰입할 수 없다는 현실과 아이를 키우면서 부딪치는 경험은 나 자신을 둥글게 깎고 다듬은 시간이라고 생각해요. 그 시간은 자신을 알고, 이해하고, 인정하며, 격려하는 연습의 과정이었죠. 덕분에 나 자신에게, 세상에 대해 한 뼘 더 너그러움을 갖게 됐어요.

한 가지 일에 몰입하다 보면 예민해지게 되는데, 이제는 음악도 중요하지만 가족, 특히 아이도 무게를 견줄 수 없을 만큼 중요해요. 그러다 보니 삶에 대해 그리고 음악에 대해 자세가 더 너그러워져요. 그런 여유와 너그러움이 저를 더 부드럽게 만들고요. 음악적 열정이 내 삶을 압도하지 않도록 균형을 유지하는 게 중요하다고 생각해요.

예술적 이상에만 머물지 않고, 삶으로 끌어들여 온 예술은 또 다른 변주를 펼친다. 그녀의 삶이 그랬다. 음악은 현실을 반영하고, 더 짙어진 지점에서 현실을 경험하도록 돕는다. 평범한 삶 안에서 드러나는 예술적 속성은 현실의 농도를 더 깊고 진하게 만들어 낸다.

그녀는 아이가 생긴 후에 삶과 예술의 경계선에서 자유롭게 오가는 법을 터득했다. 혼자와 함께하는 영역을 거침없이 넘나든다. 함께 있으면서도 나를 잃지 않고, 기쁨과 슬픔을 공유하면서도 감정에 휘둘리지 않는다. 이러한 자신만의 건강한 거리감과 적당한 균형을 유지할 수 있게 한 건 음악과 삶이 공존하기 때문이다. 그 경계선에서 그녀는 적당히 멈춰 서고 알맞은 지점에서 다시 걸어간다.

둥글고 너그럽게 흘러간 시간 사이사이 아이와 함께 세계음악여행도 다녀오셨더라고요. 이때의 경험을 책으로 펴 내기도 했죠. 아이와 함께한 세계음악여행 이야기가 궁금해지네요.

젊을 때부터 워낙 여행을 좋아하기도 했고요, 음악을 사랑하고, 음악가를 존경하며 그리워했기에 언젠가는 공부하던 시절의 엄마 모습을 아이에게 보여 주며, 그때 그 시절의 시공간을 함께 느끼며 경험하는 꿈을 꾸곤 했어요. 그래서 아들과 함께 제가 유학하던 유럽으로 음악여행을 떠나 보기로 결심했죠. 삶의 또 다른 면을 경험할 수 있을 것 같았어요. 여행지에서 반응하는 나와 아이의 모습을 관찰하며 서로 이해하는 시간이 되었어요.

여행은 불확실성에 대처하는 근력을 훈련하는 과정이기도 하잖아요. 낯선 곳에서 불안해 걷기보다는 즐기며 여행하듯 걷는 연습을 아이와 함께했어요. 저도 아이도 자신을 그리고 서로를 좀 더 들여다보는 시간이었어요.

주로 어디를 다니셨나요. 피아니스트 엄마가 고른 여행지라면 여행에 대한 새로운 관점을 가질 수 있을 것 같아요.

음악가들의 고향과 그곳에서 태어난 작곡가들의 삶과 관련된 장소 위주로 돌아다녔어요. 꼭 봐야만 하는 공연을 보기도 했고요. 독일 문화의 전반에 큰 영향을 끼친 괴테의 고향 프랑크푸르트와 동쪽으로 뻗은 괴테 가도를 따라 만나는 라이프치히, 바로크의 고도 드레스덴, 통일 독일의 수도 베를린까지 둘러봤어요. 음악가들의 영혼의 도시인 빈, 모차르트와 〈사운드 오브 뮤직〉의 도시인 잘츠부르크, 예술가들의 휴양지이던 스위스, 비발디의 고향 베네치아, 서양 문화의 근원지인 이탈리아 로마를 아이와 함께 만났죠.

특별히 좋아하는 음악가는 누구인지 궁금합니다.

바흐를 가장 좋아해요. 저와 성격이 많이 닮아서인지 매력적으로 다가와요. 저는 아주 이성적이고 계획적으로 정돈된 사람을 좋아하는데 바흐의 음악은 허튼 음이 하나도 없어요. 모든 음표에 명확한 존재 이유가 있죠. 굉장히 수학적이고

설득력 있는 음악이에요. 그러면서도 정형화되지 않아서 계속 듣고 싶게 만드는 즉흥적인 요소도 상당합니다.

상반된 두 기류가 부조화 속의 조화를 이루면서 흘러가요. 삶처럼. 한 가정의 아버지로, 밥벌이해야 하던 투철한 직업정신을 지닌 음악가로, 그리고 무엇보다 자신의 가정에 충실하면서도 신과 인간 사이에서 중심을 잃지 않고 성실히 살던 바흐를 좋아해요.

음악사에 닮고 싶은, 좋아하는 여성상이 있나요.

독일 음악가 로베르트 슈만의 부인인 클라라 슈만입니다. 클라라는 맡은 바 책임을 다한 여성이죠. 남편 슈만이 정신병으로 죽고 난 후에 7명의 아이를 홀로 키우며 살았어요. 재능도 뛰어난 사람이었거든요. 그럼에도 자기 자리를 끝까지 지켰다는 점에서 대단해 보여요. 흔히 '희생한다'고 표현하지만, 클라라는 '당연히 해야 할 일'이라고 생각했을 거예요. 주어진 현실을 인정하고 받아들인 거죠. 그러한 점에서 경외감을 느껴요. 어떤 상황에서도 자기 자리를 지킨 사람의 모습은 아름답다는 생각을 클라라를 보면서 하게 되었어요.

한 사람의 창의적 성취는 그가 어렸을 때 어떻게 자라 나고 교육받았는지의 영향이 크다. 문득 그녀의 어린 시절 꿈이 궁금해졌다. 그녀의 부모의 교육 방식은 엄마가 된 그녀에겐 어떤 기억으로 남아 있을까.

피아니스트의 길에 들어서게 된 계기가 궁금해지네요.

부모님이 예술을 좋아하셨어요. 4남매 대가족을 이끌고 일주일에 한 번씩은 꼭 그림을 보거나, 음악을 들으러 다니셨거든요. 덕분에 제게 예술은 늘 가까이 있었어요. 자연스럽고 당연하게 존재한 거죠. 아버지 삶의 희로애락에는 늘 음악이 곁에 있었어요. 음악은 기쁠 땐 더 기쁘게, 슬플 땐 위로의 다독임을 더해 주는 존재라는 걸 어렴풋이 피부로 체득한 시간이었죠.

악기 하나쯤은 연주해야 한다는 엄마의 말씀에 여동생과 나란히 학원에 등록했어요. 동생은 혼자 하는 연주가 심심하다며 그만뒀지만, 저는 그 점이 좋아서 더 오래 하게 되었고요. 내 소리에 집중해 음색을 만들어 가는 작업이 재미있었거든요. 악기 앞에 앉아 집중해서 소리를 듣다 보면 나만의 세계에 빠지는 즐거움을 느끼곤 했어요. 이상한 나라의 앨리스가 되는 기분이었다고나 할까요. 하지만 그땐 커서 피아니스트가 되리라곤 상상도 못 한 시절이었어요.

언제 피아노가 깊게 다가왔을까요?

처음부터 피아노를 전공할 생각을 하지는 않았어요. 내가 왜 음악을 하게 되었을까를 생각하면 인생은 계획대로 되는 건 아니라는 생각에 이르러요. 어릴 적엔 피아노 잘 치는 모범생일 뿐이었거든요. 부모님의 바람대로 의사가 되어야겠다고 준비하다가 도저히 피 묻은 의사 가운을 입을 용기가 나지 않았어요. 그때 나를 다시 들여다본 거예요. 내가 잘하고 좋아하는 건 피아노였더라고요. 내 길을 찾게 되자 자연스럽게 피아노 전공으로 진로를 변경했죠. 진짜 내 자리를 찾은 듯 신났어요. 이런 게 운명인가 봐요.

연주만 할 수도 있었을 텐데요. 피아니스트에서 작가, 강연자로 삶의 영역을 확장해 간 건 어떤 이유에서인가요.

국내에서 피아니스트로 돈을 벌 수 있는 사람은 일부입니다. 유학을 다녀온 후에 최종적으로 교수로 남길 바라는데, 그 과정이 험난해요. 밖에서 보이는 것과는 다른 환경에 상처를 많이 받았어요. 진짜 세상을 경험하던 과정이었죠. 학교 밖으로 나와 연주할 기회가 생기면 다양한 형태의 피아노 앞에 앉곤 했어요. 그러다가 평소 철학에 관심이 많아 철학 공부를 하면서 인연을 맺은 길담서원 박성준 선생님 추천으로 음악에 대한 글을 쓰기 시작했고, 우연히 병원이나 공공기관에서 클래식 강연을 제안받으면서 강의를 시작했죠.

세상을 경험하고, 피아노를 연주하고, 아이를 키우며 조현영 안에는 철학적 질문도 함께 쌓였다. 음악 강연을 하면서

맺게 된 인연으로 길담서원에서 본격적인 인문학 공부를 시작했고, 음악을 글로 써 보라는 박성준 선생의 충고를 듣고 매일 아침 7시에 서원 홈페이지에 '글로 읽는 음악'을 연재하며 쓰는 세계에 입문했다.

삶에는 정해진 형식이 없다. 정상과 비정상의 기준도 모호하다. 그녀를 만난 후에 알게 된 건 연주자가 취해야 할 삶의 방식이란 이분법의 세계를 벗어나서, 형식이 아닌 어제보다 더 나은 나로 성장하려는 주체적 의지라는 것이다. 누구나 살면서 삶의 제약과 한계를 경험하곤 한다. 그럼에도 묵묵히 삶이라는 땅을 밟으며 걸음을 옮겨야 한다.

기대하는 '천국'이 펼쳐지지 않더라도 적어도 밟은 땅 위에서의 평온한 삶은 스스로 지켜 내야 함을 깨닫는다. 음악을 연주하듯 때로는 빠르고 신명 나게, 천천히 겸허하게도 하며 시간 속에서 사라질 나를 위한 삶의 곡을 한 음 한 음 연주한다. 그렇게 무르익어 내 앞에 당도한 음악은 스피커를 타고 다시 흘러 누군가의 귓가에 맴돈다. 좌절의 음악, 희망의 음악, 불안의 음악, 성장의 음악으로.

'피아니스트'라는 자기 자리를 지켜내기까지 가장 중요했던 것은 무엇이었나요?

마음의 소리를 놓치지 않는 거요. 남들이 맞는다고 해도 다시 나에게 물어봐요. '이게 정말 네가 원하는 거야?'라고요. 혼잣말을 하며 정리하는 습관이 있어요. 입말로 혼자 '자, 생각해 보자', '오늘 이 일이 합당하다고 생각해?', '왜 이렇게 기분 나쁠까?' 혼자 묻고 답하며 정답을 찾아가요.

그런 식으로 제 내면에서 들려오는 소리를 존중하려고 해요. 결국 음악은 연주자의 주체적 움직임이 있을 때 흐르는 거잖아요. 어떤 안목과 관점으로 악보를 해석해서 연주하느냐는 오롯이 연주자에 달렸어요. 철저히 나에게 묻고 내 안의 견고한 세계를 다질 필요가 있는 거죠.

살다 보면 불안할 때가 있잖아요. 그럴 땐 어떻게 자신을 다독이나요.

성장하는 사람에게 필수적으로 따라오는 게 불안이나 두려움이 아닐까요. 다만 휩쓸리기보다는 불안함, 두려움, 결핍을 동력 삼아 나아가려고 해요. 지금도 이상과 현실의 간극으로 힘들어질 때가 많아요. 그럴 때마다 나를 받아들이고 인정하려고 노력하는 편이죠. '그냥 여기까지가 나다운 거야'라면서 스스로 다독여요. 욕심을 내다 보면 꼭 구멍이 생기더라고요. 받아들이는 게 오히려 더 큰 용기예요.

클래식 음악이 지닌 매력을 꼽는다면 어떤 점을 강조하는 편이세요?

클래식은 혼자 음미하면서 들을 때 더 잘 들리는 장르의 음악이에요. 같은 곡이라도 연주자에 따라 다르게 들리는 음악이기도 하고요. 사람마다 듣는 방식이 다르고 경험치가 다

르니 모두 다르게 들리는 거죠. 이런 다양한 해석이 매력적
입니다. 클래식은 많이 들어야 그만큼 들리는 음악이거든요.
시간을 두고 묵혀 들으며 오랜 시간 거쳐 어느 순간 내 삶이
함께 묻어나 들리는 음악입니다. 비가 올 것 같은 가을의 저
녁 퇴근길 한강대교를 건너면서 듣고 싶은 음악이 있는 것처
럼 각자 감정과 상황에 맞게 듣는 건 재미난 감상법이 돼요.

음악 안에서 나를 찾고자 하는 사람에게 추천하실 음악이 궁금해요.

사람마다 다르겠지만 천천히 나를 들여다보고 싶을 때는
피아노 독주곡이 도움이 돼요. 바흐의 골드베르크 변주곡을
추천해요. 1시간이 넘게 연주되는 동안 하나의 주제에 30개
의 변주가 일어나요. 인생과 닮았죠. 수미상관 구조, 빠르게
느리게 오가며 우리의 인생처럼 다채로운 변주가 펼쳐져요.

바흐의 곡이 아니더라도 긴 연주곡은 나를 깊이 돌아보게
하는 힘이 있어요. 책도 장편을 읽을 때와 단편을 읽을 때의
느낌이 다르듯이 긴 음악이 지닌 힘이 있고, 그걸 좋아하거
든요. 중요한 건 끝까지 듣는 힘입니다. 결국 이 힘은 '경청'
하는 자세를 갖추게 해요. 나의 말과 타인의 말을 제대로 듣
는 훈련이 되기도 한답니다.

음악을 즐기는 작가님만의 방법이 있다면 알려주세요.

무언가를 기꺼이 받아들이는 마음, 언제나 감동할 수 있

는 상태를 유지하는 게 중요해요. 음악을 받아들이는 주체적인 방식이죠. 음악을 듣다가 확 마음을 사로잡히는 때가 있어요. 작품을 쪼개고, 작가를 찾아 연구하듯 들여다보는 거죠. 확실히 알게 되면 보이는 게 있어요. 연구하고 파고들수록 그 매력은 점점 빛을 발해요.

새롭게 도전하고 싶은 일, 더 깊이 공부하고 싶은 분야, 되고 싶은 모습이 있다면 소개해 주세요.

먼저 용감하고 즐거운 할머니가 되고 싶어요. 새로운 것, 배우고 싶은 것에 거침없이 도전하면서 살고 싶거든요. 하고 싶은 게 참 많은 편이에요. 여행, 연극, 공부로 추려 볼게요.

제주도 올레길, 스페인 산티아고 순례길, 남미 아르헨티나 파타고니아 산맥을 여행하고 싶어요. 연극 출연 계획도 있는데, 좋아하는 안톤 체호프의 《세 자매》라는 작품에서 큰 딸인 올가 역할을 맡고 싶어요. 올가는 피아노 치는 올드미스로 나오거든요. 철학 공부에도 좀 더 몰두하려고요. 철학을 공부하면서 타인에 대한 폭이 넓어졌어요. 다름을 인정할 수 있게 되었고요. 다양성의 개념이 확실히 뿌리내릴 수 있었죠. 철학은 공부하면 할수록 더 배우고 싶어져요.

살면서 빼앗기면 안 되는 중요한 건 무엇이라고 생각하세요?

자유라고 생각해요. 피아니스트는 음악과 어우러지려면

비범한 자유분방함이 필요해요. 자유로부터 자기만의 예술
이 나오기도 하고요. 음악의 정수는 당연하게도 자유롭게 자
기만의 감각으로 반응할 수 있어야 한다는 거예요. 삶도 마
찬가지 아닐까요. 자유롭게 자기만의 감각을 존중하며 살아
갈 때 가장 자기다운 삶이 되는 것이라고 생각합니다.

삶의 보편적 감정들이 음악과 예술로 나아가는 장면은 삶
에 경외심을 갖게 한다. 음악은 내 깊은 곳에 흐르는 심연이
누군가에게도 존재함을 발견하는 존중으로, 누군가의 마음
한편에 반짝이는 햇볕을 쬐며 내 안에도 존재하는 환한 볕을
깨닫는 자존으로 그렇게 넓게 스며들고 깊이 파고든다.

이른 아침, 공원 산책길에 흘러나오는 음악 소리에 귀를
기울인다. 스피커를 타고 흐르는 미세한 파동은 누군가의 텅
빈 가슴 위로 잔잔히 스며든다. 너의 가슴으로, 나의 가슴으
로. 누구든, 어떤 삶이든 삶이 음악이 되는 순간이 있다.

어느 예술가의 다정한 안목

　조현영 작가와의 인터뷰를 글로 옮길 무렵 피아니스트 임
윤찬의 연주 장면과 수상 순간이 담긴 영상을 찾아 열었다.
쓰는 시간이 깊어질수록 작아지던 때였다. 쓰는 만큼 살지
못할까 봐, 누군가의 삶에 누가 되진 않을까 움츠러든 내게
한 예술가가 보여 준 건 연주 너머의 또 다른 세계였다.

　"음악 감상은 나를 만나고 싶다는 마음에서 비롯되어야 한다
고 봐요"라던 조현영 작가의 말을 떠올리며 오케스트라와 호
흡을 맞춰가는 피아니스트의 손가락을 따라가다 클라이맥
스에 이른 듯 마음이 일렁였다. 짜릿한 전율이 일었다. 마침
조현영 작가와 통화하며 임윤찬 피아니스트에 대한 이야기
를 꺼냈다.

　"그의 연주에서 한 인간의, 예술가의 묵직함이 느껴졌어요.
자신을 강조하지도, 타인에 종속되지도 않은 피아니스트의

절제된 태도에서 오랜 축적의 시간을 거친 수도승의 내공처럼 단단함과 묵직함이 더욱 돋보이는 듯했습니다"

연주 장면을 다시 봤다. 내가 느낀 감동의 지점, 클라이맥스 장면 위로 영상의 해설자는 쇼팽이 이야기한 '템포 루바토(Tempo Rubato)'라는 용어를 언급했다. 연주자가 박자를 훔치듯 자신의 재량에 따라 곡을 빠르게 또는 느리게 연주하고 원래 박자로 돌아오라는 음악 용어라고 했다.

'자신의 재량에 따라'에 잠시 멈칫했다. 연주자는 이 지점에서 자신의 안목과 관점이 두드러진다고 해설자의 설명이 뒤따르자 '삶을 대하는 나만의 안목과 관점은 무엇인지'의 물음으로 자연스레 흘러갔다. 내가 가진 안목의 높이와 깊이를 가늠한 순간, 세상에는 없는 단 하나의 연주를 떠올린다. 가장 나다운 안목으로 연주해 가는 평범하지만 다행스러운 리듬이야말로 가장 아름다운 음악이 아닐까.

어느 예술가가 전하는 다정한 위로. 피아니스트가 자신의 안목으로 곡을 해석하며 연주하듯, 자기 삶에 의미를 찾고 해석하는 안목에서 삶은 예술로 나아간다.

에세이스트
한수희

08

거대한 것과 시시콜콜한 것을 동시에 바라보며 사는 작가. 대학에서 영화학을 전공하고, 잡지사에서 기자 생활을 했다. 《우리는 나선으로 걷는다》, 《온전히 나답게》, 《여행이라는 참 이상한 일》, 《아주 어른스러운 산책》, 《무리하지 않는 선에서》 등 다수의 책을 썼다. 〈AROUND〉 매거진에서 9년째 책과 영화에 대한 산문을 쓰고 있다.

에세이스트
한수희

잃어버린 길 위에서 용기 있게 존재하기

외갓집엔 낡고 오래된 것들이 여전히 존재한다. 녹슨 대문, 손잡이가 떨어져 나간 싱크대 선반, 굽은 숟가락, 올 나간 스웨터, 작은 화장대의 깨진 거울. 외할머니와 엄마의 손때 묻은 살림들이 외갓집을 채운다. 지나온 시간만큼 낡고 헤어진 상태이건만 이토록 정갈하고, 단정하게 제 자리를 지키고 있다. 오랜 시간을 거치며 스며든 쓸고 닦는 정성 덕분이다.

무언가가 제자리를 지키고 버티는 것만으로도 충분히 아름다울 수 있다는 사실을 오래된 살림살이에서 발견한다. 흠집투성이지만 정성 어린 손길이 닿은 오래된 물건들처럼 새롭고 아름답지 않더라도, 고리타분하고 어긋난 내 것을 더 고치고 돌보며 내게서 지속되는 오래된 마음을 지키고 싶어진다.

낡고 헤진 것, 흠집투성이의 것들은 포장해 감춰야만 하는 것인 줄 알았다. 덕분에 내가 행하는 '열심'의 방향은 늘 감추고 싶은 것을 향했다. 하지만 이젠 깨닫는다. 취약함, 부족함, 상처를 솔직하게 드러내는 것이야말로 진정한 용기라는 것을.

아이들과 부대끼며 버텨 온 지난 시간은 지금껏 살아온 현실로부터 보폭을 조금 뒤로 물리는 일이었다. 아이들을 온전히 품으며 미처 소화하지 못한 내 안의 비밀스러운 상처들을 대면하던 시간이기도 하다. 겉으론 매끄럽고 온전해 보였지만, 안에서는 상처들이 현실과 격렬히 부딪히며 꼭꼭 감춰둔 모습을 드러냈다.

새롭게 마주한 불안과 두려움 혹은 조바심이나 집착 등 나를 불편하게 하는 마음을 어떻게 다뤄야 할지 혼란스러웠다. 매번 갈등했고, 자주 흔들렸다. 불안한 감정이 아이들을 대하는 태도로 옮겨 갈 때쯤 내 안에 일어나는 어떤 마음을 제대로 보고 싶었다. 외면이 아닌 응시. 그렇게 나는 나와 마주했다.

유독 견디기 벅찬 날이었다. 길 건너 우리 집 거실 창문에서 자주 바라보던 파란 간판의 심리상담센터를 찾았다. 첫 상담이 이뤄지던 날, 뭔가를 채우려던 마음이 아닌 뭐라도 쏟아 내고 싶은 마음에 순순히 상담사의 지시에 따랐다. 상담사는 자기를 솔직하게 드러내는 것에서부터 테라피는 시작된다며 내 안에서 끊임없이 따라다니는 에피소드를 떠올려 보라고 했다. 말의 안전지대를 확인하자, 기다렸다는 듯 밑바닥에 눌러뒀던 감정과 기억을 거침없이 쏟아졌다. 아팠던 만큼, 외로웠던 만큼 할 말은 수북히 쌓여 있었다.

말이 춤추는 듯했다. 상담사가 알려준 지도를 따라 아주 먼 곳, 가까운 곳, 높은 곳, 낮은 곳을 오르내리며 되짚는 사이 마음 한편 부대끼던 작은 에피소드들이 선명한 실체를 드러내기 시작했다. 그가 명쾌한 솔루션을 제시한 건 아니었다. 애써서 내 얘기를 들어 줄 뿐이었다. 숨겨 둔 취약한 모습, 못마땅한 자세, 헐거운 마음마저 있는 그대로 모습을 드러낸 것만으로도 자유로웠고, 누군가의 지지를 받았다는 것만으로도 충분했다.

상담사는 작은 시도를 제안했다. "지금 여기 이곳을 바라보세요. 그리고 나에게 얘기해 주세요. 이 모습만으로도 충분해, 여기까지 오느라 고생했어" 이 모습 그대로도 충분해. 고생했어. 상담을 마친 후 남겨진 딱 두 마디의 말. 집으로 돌아오며 고리타분하고 상투적인 그 말을 곱씹었다. 그날은 유난히 단맛이 났다.

어른이 되면 모든 것이 빈틈없이 완벽할 것이라고 생각했는데, 어른이 된다는 건 정작 부족함, 못남, 흠집까지도 인정하는 과정이었다. 못남을 긍정하며 정성껏 다듬고 돌보는 태도야말로 단단한 어른의 모습이라는 걸 깨닫는다.

삶이라는 트랙 위에서 자기만의 페이스로 속도를 조절할 때 끝까지 뛸 수 있다. 중요한 건 적당한 속도, 자세, 방향. 취약하고 못난 모습을 인정하며 긍정하는 태도야말로 오래 그리고 멀리 갈 수 있는 비결이자 어른의 모습이라는 결론에 이르자 바짝 조이던 압박감이 스르르 느슨해진다. 기꺼이 취약해질 용기를 취한다. 잃어버린 길 위에서도 충분히 자신으로 존재할 수 있다는 사실을 알게 되며 좀 더 단단해진다.

타인을 향해 다정하게 나누는 존재

솔직하고, 유머 있다. 한수희 작가의 글에는 이런 수식어가 따라붙는다. 그녀가 풀어놓는 이야기를 따라가다 보면 자연스레 입꼬리가 올라간다. 깔깔대며 책장을 넘기다가 '어쩌면 이렇게 사는 것도 나쁘진 않을 것 같다'라고 생각하고, 어느 순간 쨍하고 작고 소소한 위안의 말을 만나면 '그래, 이렇게 사는 게 좋겠다'라는 고백이 흐른다.

'조금만 더, 조금만 더'를 부추기며 완전함을 욕망하는 세상에서 그의 시선은 반대로 뻗어간다. 오히려 스스로 결핍의 자리를 찾는다. 더 뛸 수 있을 것 같을 때 멈추고, 쓸데없이 애쓰지 않는다. 느슨하고 더디게, 가운데가 아닌 가장자리의 길을 간다. 오랜 시간 그녀가 우리에게 건넨 말을 차곡차곡 쌓으며 깨달았다. 아슬아슬한 욕망보다 스스로 선택한 결핍이 삶을 한층 단단하게 한다는 사실을.

"삶의 밝은 면, 어두운 면까지 구체적으로 쓴 글이요. 그 지점에서 독자와의 연결고리가 생기는 것 같아요. '세상은 아름다워' 식으로 가 버리면 환한 빛에만 머무는 느낌이에요. 환한 빛은 눈이 부셔 잘 보이지 않아요. 전 오히려 어둠과 빛이 조화를 이뤄야 빛이 빛답게 밝아 보이고, 어둠은 어둠답게 깊어 보이는 것이라고 생각해요"

설렁설렁 걸음을 옮기듯 마주하며 질문의 답을 찾아가는 동안 어느새 안전한 자리를 가늠한다. 중심부보다는 가장자리에서 바라보며, 거대한 것과 시시콜콜한 것을 동시에 추구하고, 세상 돌아가는 일에 무책임해지지 않으면서 하루하루의 생활도 잘 살아내려고 노력하는 자리다. 큰 욕심 없이, 매일매일 만족스럽게 잠자리에 들고, 새것 같은 하루를 기대하게 하는 자리이기도 하다.
그는 인터뷰 내내 스스로 취약점과 못남을 이야기하고, 사적인 취향이나 불안을 털어놓기도 했고, 아웃사이더라는 중심부가 아닌 가장자리에 선 것을 드러냈다. 하지만 바로 그 지점이 한수희만의 '다르게 보는 방식'이라는 걸 어느 순간 감지한다.

"어깨에 힘을 빼고, 욕심과 두려움에 눈멀지 않던 사람들, 느슨하면서도 날카로운 캐릭터에 마음이 가요. 그들은 가끔 지치기도 하는데, 그마저도 인간적으로 느껴지곤 하죠. 세상의

속도에 휩쓸리지 않고 느리게 자기 속도로 가며 자연스럽게
살던 사람들에게서 배워요"

아이를 재운 틈새 침대 구석에 앉아 그녀의 책을 넘기며
밑줄 긋던 때의 기억을 되감는다. 책장을 넘기다 나를 쏙 닮
은 단어 앞에서 제자리를 찾는다. 아등바등, 헐레벌떡 살다
가 힘을 빼고 미소 가득 짓게 만드는 구절을 만나면 까끌까
끌하던 마음이 매끈하고 단정해진다. '나만 그런 게 아니었
구나, 맞아, 내 맘이 그 맘이야!'라며 정다운 친구와의 수다
처럼 다정하고 편안하다. 그래서 힘이 난다. 한 발짝 내디딜
한 줌의 힘이 난다.

'빵을 만들면서 나는 세상 살아가는 데 필요한 작고 단순
한 자신감 중 하나를 지니게 되었다. 내가 먹는 기본적인 음
식을 직접 만들 수 있다는 데서 오는 자신감이다. 그리고 이
런 작은 자신감이 모여 한 인간을 단단하게 만든다' 어느 날
은 작가의《온전히 나답게》를 읽다가 빵을 구웠다. 새롭게,
다시 사랑을 굽듯 밀가루와 소금, 올리브유, 이스트를 버무
려 담백한 치아바타 3개를 구우며 덩달아 소소한 자신감을
되찾는다. 장롱 속 맥시 팬티도 찾아 입으며 홀가분한 기분
을 만끽하고, 글을 쓰던 나른한 오후, 맥주 캔을 따서 벌컥벌
컥 들이키며 헐렁해져 본다.

한수희 작가가 쓴《우리는 나선으로 걷는다》,《온전히 나

답게》,《여행이라는 참 이상한 일》,《아주 어른스러운 산책》, 《무리하지 않는 선에서》에 담긴 이해하기 쉽고, 적용하기 적합한 가볍고 홀가분한 이야기에는 자꾸 따라 하게 하는 힘, 자꾸 옆에 두고 싶은 마력이 있는 듯했다. 내민 손을 맞잡고 걷던 길을 따라 걷고 싶어진다.

인터뷰는 그녀에게 내재된 '솔직함'의 빗장을 풀어 내는 데 초점을 맞췄다. 가장자리에서 '다르게 보는 방식'을 찾는 것도 중요했다. 구석진 것을 거침없이 드러내는 용기에서부터 그녀가 지닌 빛나는 순간을 가장 적절한 단어로 풀어놓는 내공의 실체, 엄마, 여성, 쓰는 사람으로 살아갈 때 솔직한 태도가 어떤 영향을 미치는지에 대해서도 마주 보며 확인하고 싶었다.

얘기를 나누는 동안 줄곧 실실 웃음이 새어 나왔다. 굳고, 단단하게 뭉친 근육들이 풀어진 듯 말랑말랑해진 채로 집으로 돌아와 책장에 꽂아둔 그녀의 책을 다시 펼쳤다. 이런 뉘앙스의 말에 밑줄이 그어져 있었다. '하지만 어쩔 수 없다. 다 가질 수는 없는 법이니까' '어쩌겠나, 그게 인생이니까' '이제 나는 받아들여야 한다. 지금 이 모습으로 살아갈 수밖에 없다' 하늘로 치솟아 오르게 만드는 말, 좋은 말, 훌륭한 말, 멋진 말 사이로 이 말들이 그렇게 위안이 된다. 한수희식 위안이다.

일상에 지쳐 굳게 다문 입술 사이로 '풉' 하고 웃음이 새

어 나온다. 얼마 만이던가 마음 깊이 우러나는 웃음을 웃어
본지가. 간신히 웃음을 참으며 책장을 넘기다 어느새 몰입해
빠져든다. 담백한 삶의 자세가, 솔직한 글의 걸음이 위안이
된다.

한수희 작가의 열혈 팬으로, 그렇게 기대감 가득 안은 채
종로의 높은 빌딩 사이 어딘가에서 그녀를 만났다. 주중에
출근하는 그의 스케줄에 맞춰 인터뷰는 주말에 이뤄졌다. 큰
키에 단화, 편한 옷차림이 자연스러웠고, 메뉴를 둘러보던
그녀가 내 취향의 아이스 딸기 라테를 주문하자 거리감은 친
근감으로 바뀌었다.

그렇게 시작된 마주 보는 대화 내내 그의 말에 연신 고개
를 끄덕이다 메모하고, 무릎을 치다 먼 산을 바라봤다. 얼음
가득한 딸기 라테가 바닥을 드러내는 동안에도 끄덕임은 멈
추지 않았다. 시시콜콜함에서 거대함까지 오르락내리락 놀
이공원의 기구를 탄 것처럼 짜릿하고 즐거운 대화.

하루 일과가 궁금해요.

평소에는 온라인 쇼핑몰 회사로 출근하고 있어요. 생활용
품을 판매하는 데 우연히 남편 사업을 도와주다가 합류하게
됐거든요. 무리하지 않는 선에서 하려고요. 욕심 없이 남편
과 저, 함께 일하는 친구까지 셋이 먹고 살 정도만 하자고 해
요. 글은 주로 출근 전 이른 아침에 쓰는 편입니다. 시간이 부

족하니 더 쓰고 싶어져요. 적어도 쓰는 일에는 '좋아하는 마음'이 우선이게 하고 싶어요. 하기 싫은 일을 하면서 얼마나 오랫동안 버틸 수 있을까 생각해 보면, 아니거든요. 출근하며 생계를 해결하는 것에는 좋아하는 글을 오래 쓰기 위한 장치의 의미도 있어요.

쇼핑몰은 또 다른 새로운 경험이 되겠어요. 낯선 도전에 망설임 없는 스타일인가요.

도전까지는 아니더라도 작은 시도에 호의적인 편이에요. 글을 쓸 때도 지금까지 쓰던 소재보다는 다른 주제의 글을 쓰고 싶다고 생각하고요. 집도 아파트에서 주택으로, 주택에서 아파트로 옮겨 보기도 하고요. 지금은 아니지만, 동네에 카페를 열기도 했어요. 그러고 보니 '내가 좋아하는 것'을 하려는 마음에서 비롯된 것들이에요. 좋아하는 마음이 낯선 도전과 시도를 가능하게 해요.

한수희 작가의 출근 생활을 듣고 언젠가 책에서 읽은 하루키의 재즈바를 떠올렸다. 무라카미 하루키의 출판편집자는 그에게 다음과 같이 충고했다고 한다. 성공적인 데뷔를 했어도, 최소 2년은 하던 일을 놓지 않는 편이 낫다고, 현실 생활과의 접점을 지니지 않으면 아무래도 문장이 튕겨 나가기 쉽고, 그렇게 제대로 정착하지 못한 문장을 재정립하기란 정말 힘들다는 충고였다.

생활의 부대낌에서 쌓이는 게 분명히 있다. 그녀의 성실한 출근 생활은 작가만의 '다르게 보는 관점'을, 삶에 착 달라붙은 솔직하고 생생한 이야기를 기대하게 한다. 내내 거침없이 풀어놓는 그녀의 삶은 줄곧 쓰는 일과 맞닿아 있다.

작가님을 수식할 때 '재밌다, 솔직하다'는 말이 떠올라요. 재미와 솔직함 안에 담긴 영감과 위안의 말들 때문에 쓰신 글을 자주 들여다보게 돼요.

그렇다면 다행이에요. 저 스스로 엎치락뒤치락하는 편인데, 그런 경험을 솔직하게 나누려고 노력해요. 경직되어 살다 보면 가끔 다른 사람의 망가지는 모습이나 이야기가 힘이 되기도 하잖아요. 시시콜콜하고 가볍고 웃긴 이야기에 환기되는 측면이 있어요. '이 길이 아니면 끝날 것 같다'고 생각하다가도, 글을 읽으며 '이렇게 살아도 되는구나'라고 생각하고요. 누군가가 '너만 그런 게 아니야'라는 이야기를 들려주는 것도 중요하다고 생각해요.

자신이 어떻게 보일지 타인을 의식하는 것보다는 하고 싶고, 할 수 있는 이야기에 집중하는 모습에서 작가님답다고 생각했어요. 솔직하고 구체적인 문체는 어디에서 비롯된 걸까요.

어릴 적 어른들에게 칭찬 받은 게 자세하고 구체적인 장면으로 남아 있어요. 책 읽고, 글 쓰는 일을 좋아해서 부모님이 소규모 글쓰기 학원에 보내 주셨는데, 선생님이 제 글에서 '솔직하고 구체적으로 쓴 부분'을 콕 짚으시며 '이런 부분이 좋았다'라고 칭찬해 주셨어요. 어렸지만 어렴풋이 '아, 글을 쓸 때 이런 게 중요하구나'라고 생각한 것 같아요.

글짓기 대회에서 수상한 경험도 기억에 남아요. '해군사관학교 글짓기 대회'에서 평소 눈여겨본 해군 반지를 주제로 솔직하게 쓴 글이 최우수상을 받으며 다시 한번 잘 쓰는 글이 어떤 글인지 생각했고요. 이후에는 블로그에 글을 올리면서 자연스레 구체적이고 솔직하게 쓰게 되었어요.

글을 쓰다 보면 자기검열을 하게 되잖아요. 솔직하게 드러내다가 '이런 이야기를 책으로 내도 괜찮을까?'라는 마음이 든 적은 없나요.

어떻게 그렇게 솔직하냐는 질문을 종종 받는데, 솔직하게 드러내는 게 이젠 자연스러워졌어요. 글을 쓸 때 '이 부분에서만큼만 솔직해지자' 하면 그리 어려운 일은 아니란 생각이 들어요. 경험이 쌓이며 자연스레 세상에 신뢰가 생겼어요. 사소한 일도 진심으로, 저만의 시각으로 쓰면 누군가 공감하며 안도하고 용기를 얻거나 기뻐한다는 확신 같은 거죠.

'솔직한 글'은 어떤 글인가요.

삶의 어두운 면까지 구체적으로 쓴 글이요. 그 지점에서 독자와의 연결고리가 생기는 것 같아요. '세상은 아름다워' 식으로 가 버리면 환한 빛에만 머무는 느낌이에요. 환한 빛은 눈이 부셔 잘 보이지 않아요. 오히려 어둠과 빛이 조화를 이뤄야 빛이 빛답게 밝아 보이고, 어둠은 어둠답게 깊어 보이는 것이라고 생각해요. 빛은 적당한 어둠이 있을 때 부드러워지고, 어둠은 빛 덕분에 품위 있게 깊어지는 것처럼요.

글을 쓸 때 영향받은 작가가 있나요.

제가 처음 에세이를 쓸 때만 해도 국내에 자유로운 형식의 에세이가 많지 않았거든요. 그래서 미국이나 일본 에세이를 많이 읽었어요. 특히 일본 작가 사노 요코의 에세이를 좋아했어요. 글을 쓰다가 '이런 것까지 써도 되나?'라는 의심이 들 때 그의 에세이를 읽으며 '이렇게 써도 되겠구나'라며 안심하곤 했어요. 지금도 좋아하고, 읽으면서 용기 내요.

일본 에세이와 미국 에세이는 다른 결을 지녔잖아요.

미국 에세이는 자기 고백적이고 저널리즘적인 성격이 짙어요.《노동의 배신》,《긍정의 배신》으로 알려진 작가인 바버라 에런 라이크를 좋아했는데, 철저히 '체험형 글쓰기'를 표방하는 저널리스트 작가잖아요. 특히 3년간 워킹 푸어로 직접 일한 경험을 담은《노동의 배신》은 정말 재미있는 책인 거예요. 국내에선 르포 에세이가 비참하고 우울한 뉘앙스를 띄는 경우가 많은데, 그는 '우리 모두 책임 있다. 다 같이 일어서자'라는 메시지를 유머를 섞어 던져요. 유머와 농담은 건강한 마음에서 비롯된다고 봐요. 아무리 힘들어도 농담 한 자락 던질 수 있는 건강한 에세이를 쓰고 싶다고 생각했고요. 그런 글을 읽으면 건강하고 건전한 시각으로 늙고 싶다고 생각하게 돼요.

유머와 농담은 어떨 때 나오는 걸까요.

유머라는 건 상황이나 현실에 너무 깊게 파묻혀 있을 때는 튀어나오기 힘든 자질 같아요. 오히려 살짝 뒤로 물러서 있을 때, 발이 약간 떠 있을 때, 처한 상황과 현실을 객관적으로 바라볼 수 있을 때 나와요. 저는 유머를 통해 좁고 얕은 현실에서 벗어나 세상과 인생을 좀 더 넓고 깊이 바라볼 힘을 얻어요. 그리고 저는 언제나 아웃사이더라는 느낌을 받으며 자라왔고, 현재에도 그런데요. 유머는 아웃사이더가 지닐 수 있는 무기 중 하나가 아닐까 싶어요.

한 가수는 "숲에서 나오니 숲이 보이네"라고 노래했다. 밖으로 나와야만 보인다는 말처럼 중심부 아닌 삶의 '가장자리'는 새로운 시야가 열리는 자리다. 그녀의 글에 담긴 농담과 유머도 삶의 중심부에서 한 발짝 물러선 가장자리에서만 볼 수 있는 것들이 만들어 내는 절묘한 화음 같은 게 아닐까.

유머 있는 글을 쓰는 요령이 있나요.

회사에 다닐 때 글 쓰는 연습을 많이 했어요. 전 세계에 라이선스가 있는 잡지 〈맥심〉의 기자로 5년 가까이 일했는데요, 기사 작성 지침이 모든 기사에 유머를 넣어야 했어요. 그때 어떻게 써야 독자를 한 번이라도 더 웃길까, 고민에 고민을 거듭하면서 썼어요. 다른 잡지라면 1~2시간 만에 쓸 수 있을 글을 하루 종일 잡고 있는 경우도 허다했지요. 그래서 아직도 술술 잘 읽히는 글이나 재미있는 글을 써야 한다는 강박이 있습니다. 별 재능이 없기에 원고 하나 쓰는 시간도 아마 남들 2~3배는 될 것 같고요. 편하게 쓴 것처럼 보이지만 편하게 쓰지도 못합니다.

그녀가 쓴 책엔 영화 그리고 책 이야기가 끝도 없이 펼쳐진다. 인터뷰 당일, 그의 가방 안에 든 책은 사회학자 엄기호 작가의 《공부 공부》였다. 패브릭 커버에 쌓여 있던 책은 언뜻 보기에도 여러 번 읽은 흔적이 가득했다. 작가는 한 책을 여러 번 반복해서 읽는 편이라고 했다. 책의 내용이 내 안에 온전히 스며들 때 나타나는 새로운 반응은 작가의 세계를 더욱 넓고 깊게 확장시킨다.

책은 언제부터 본격적으로 읽기 시작하셨어요?

책을 읽기 시작한 것은 아이를 둘 낳고 회사를 그만둔 후부터였어요. 육아하면서 너무너무 힘들어서 책을 읽기 시작했어요. 물론 육아는 저처럼 이기적인 인간이 타인을 위해 온전히 헌신해야 하는 일이었기에 값진 체험이었다고 생각하지만요.

아이들을 재우고 혼자 거실에 앉아 어떤 여행기를 읽다가, 한 구절 때문에 가슴이 벅차 밤을 꼬박 새운 적이 있어요. 지금은 기억조차 나지 않지만. 그때부터 미친 듯이 책을 읽기 시작했어요. 그러다 보니 저 자신에 대해서도 많이 생각하게 되고, 무언가를 배우기도 했지요. 그렇게 한 해 동안 도서관에서 빌린 책이 몇 권이나 되나 봤더니 200권이더라고요. 정말 미친 듯이 읽은 거죠.

작가님의 글에는 책에 대한 이야기도 자주 등장해요. 책은 어떤 영향을 미쳤나요?

책을 읽으며 다른 세계를 접하는 일만큼 즐거운 게 없어요. '나'라는 틀을 넘어선 이야기가 담겨 있어요. 그건 레이먼드 카버가 말한 "모두 알고 있지만 아무도 말하지 않은 것들"에 관한 세계죠. 작가가 하는 웃기고, 심각하고, 시니컬한 이야기에는 공통점이 있어요. 인생은 어떤 것이고, 어떤 존재인지에 대한 고민이 담겨 있다는 거죠. 확실한 답은 아닐지라도 그 답을 찾기 위해 전력을 다해 부딪히는 과정을 거쳤다는 것만으로도 신뢰가 가요.

연극 영화를 전공하셨잖아요. 영화 칼럼을 오랫동안 쓰고 계시고요. 영화는 삶에 어떤 영향을 미쳤는지 궁금해요.

글을 쓰게 된 것도 시나리오를 쓰면서부터예요. 그리고 영화언어를 좋아해요. 영화언어는 감독이 연출을 위해 사용하는 이미지 언어인데, 이 언어를 어떻게 활용하느냐에 따라 느낌이 달라요. 글로는 표현될 수 없는 장면과 장면이 만났을 때 느껴지는 케미스트리, 음악과 영상이 붙었을 때의 짜릿함이 매력적이죠. 영화엔 모든 걸 넣을 수 있어요. 감각을 자극하는 세상의 모든 요소를 다 넣을 수 있다고 봐요. 그런 점이 매력적이에요.

반면에 영화 제작은 공동 작업이잖아요. 스태프의 일원으로 한배에 올라 끝까지 가야 하는 환경이죠. 하지만 다 함께 영차영차 만들다가도 어딘가 내 몸 둘 곳이 느껴지지 않았어요. 자주 밤을 꼴딱 새우는 육체노동이기도 해서 그만뒀어요. 하지만 쓰는 일은 싫지 않았죠.

솔직한 문체의 에세이, 기존 형식을 탈피한 새로운 스타일의 영화 칼럼 등 쓰는 글마다 다른 장르가 되었어요. 자신만이 쓸 수 있는 글은 어떻게 나오게 된 걸까요

야심이 없어서 그래요.《온전히 나답게》를 쓸 때도 정말 진심으로 아무도 안 읽을 수도 있겠다고 생각했거든요. 부담이 줄어드니 끝까지 쓸 수 있던 것 같고요. 영화 칼럼을 맡게 된 것도 블로그에 올린 욕심 없는 글 때문이에요. 제가 할 수 있는 방식으로 영화 이야기와 제 이야기를 엮어 썼는데 기존의 영화 칼럼은 비평 중심의 글이 많다 보니 칼럼 담당자가 새롭다고 느꼈나 봐요.

저는 글을 쓸 때 '이왕 할 거면 하고 싶은 걸 하는 게 맞다'고 생각해요. 하기 싫은 일을 하면서 얼마나 오랫동안 버틸 수 있겠어요. '오래 하려면 좋아하는 것을 하자', '누군가는 좋아하겠지'라며 내려놓는 마음으로 글을 써요. 욕심 없이 좋아하는 마음이 나답게 만든 것 같아요.

'쓰고 싶은 글을 쓴다'는 원칙이 흔들릴 땐 어떻게 하나요.

처음엔 자주 흔들렸어요. 하지만 '각자의 자리에서 자신의 목소리를 내면 된다'라고 생각하려고 해요. 제가 생각하기에도 제 글은 트렌드와는 거리가 있거든요. 주류는 아니죠. 고양이도 키우지 않고, 비건도, 미혼도 아닌 나 같은 사람이 한가운데 설 수 있는 세상인가 생각하면, 아니라는 생각이 들어요.

하지만 세상 모든 사람이 주류가 될 수 없잖아요. 주류 한편엔 소외감을 느끼고 있는 사람들이 분명 존재한다는 거죠. 그래서 다양한 목소리가 우리 사회에 중요해요. 제가 낼 수 있는 목소리를 낸다는 생각으로 글을 쓰고, 표현하고 싶어도 그러지 못하는 이들을 대변할 수 있겠다는 마음으로 진심을 담아 써요. 그렇게 흔들리는 마음을 다잡아 갑니다.

글을 쓰는 일은 작가님의 삶에 어떤 의미가 있나요.

글을 쓰지 않았다면 내가 어떤 사람인지, 어떻게 살아야 하는지 알 수 있었을까 생각해 보게 되네요. 예를 들어 얼마 전에 휴식이라는 주제로 고민하다가 '나를 신나게 하는 건 뭘까'를 스스로 질문하게 되더라고요. 그리고는 진지하게 생각하는 거죠. 이처럼 글쓰기는 평소 생각하지 못한 것을 진지하게 고민하게 하는 힘이 있어요. 글을 쓰면서 삶의 의미를 발견하기도 하고, 내가 원하는 것과 원하지 않는 것이 무엇인지 들여다보게 하죠. 저같이 마음이 늘 질풍노도와 같은 사람에게 쓰는 일은 나를 단정하게 정리하는 일이기도 해요.

문득 궁금해지네요. 작가님은 어떨 때 신나요?

생각해 봤더니 쓰는 일이더라고요. 돌봄으로부터 자유로운 상태에서 마음껏 쓸 수 있을 때 신나요. 글을 쓰면서 싫다거나, 쓸 게 없다거나, 괴롭다는 느낌을 받아본 적이 없는 것 같아요. 쓰기 싫은 글은 쓰지 않는 편이라서 그럴 수 있어요.

글을 쓰는 패턴이 궁금해요. 예를 들어 글을 시작하실 때 루틴 같은 것이요.

저는 글을 쓸 때 결론을 정해 놓지 않고 쓰는 편이에요. 지금 머릿속에 떠오르는 것을 일단 쓰기 시작해요. 의식의 흐름대로 쓰는 편이고요. 그러면서 내 안에서 '쓰는 회로'가 점점 원활하게 돌아가요. 쓰는 나와 지켜보는 나가 따로 존재하는 편인데 쓰는 나를 관찰하며 조절해 나가요.

글을 쓸 때 퇴고에 비중을 두는 편이고요. 일단 생각나는 것을 전부 적어 놓고 다시 읽으며 고치는 과정을 계속해요. 그러다 보면 어느 순간 생각을 전부 써 놓지 않아도 머릿속에서 시뮬레이션이 되면서 완성도 있는 글이 나오는 것 같아요. 초고는 퇴고할 분량의 4~5배 정도로 적어 놓은 후에 계속 좁혀 가며 주제를 찾아요.

작가님의 이야기에는 뭔가 자신만의 세계가 명확히 정리된 느낌이 들어요. 특히 '좋아하는 마음'을 지키려는 태도는 감정 컨트롤의 고수처럼 보이고요.

원래 그렇지는 않은데. (웃음) 경험이 반복되면서 방법을 터득하는 것 같기도 하고요. 프리랜서로 오래 일했고, 돌봐야 할 아이들이 있고요, 삶의 여러 부침을 겪으며 습득된 것 같아요. 상황에 맞게 스스로 감정을 컨트롤하지 않으면 일상이 많이 흔들려요.

아이를 키우며 일하면서 더욱 '나를 컨트롤하는 방법'이 간절해져요. 살다 보면 가끔 이성을 잃어 문제가 커지는 경우가 있잖아요. 자신을

컨트롤하는 방법이 있나요.

내가 원하는 게 뭐고, 내가 원하지 않는 건 무엇인지 생각하는 것에서부터 시작되는 것 같아요. 내가 원하지 않는 쪽으로 가지 않는 것만으로도 다행인 일이고요. 또 한꺼번에 해결하려고 하지 않는 거요. 뭐든 한 번에 될 순 없잖아요.

글을 쓰는 일이든 어떤 일이든 자기에게 관대해질 필요가 있어요. '이번에 안 되면 다음에 하지, 뭐'라는 마음으로요. 무슨 일이든 길게 보고, 후회할 일은 만들지 말자고 따져 보는 편이고요. 주로 망설여질 때는 해 보는 쪽에 가까운 스타일이에요. 안 되면 잠깐 수치심 느끼면 되니까.

지금의 모습이 되기까지 영향을 받은 사람은 누구인가요.

마음속 스승으로는 머털도사 스승인 누더기 도사 같은 사람들이요. (웃음) 어깨에 힘을 빼고, 욕심과 두려움에 눈멀지 않던 사람들, 느슨하면서도 날카로운 캐릭터에 마음이 가요. 그들은 가끔 지치기도 하는데, 그마저도 인간적으로 느껴지죠. 세상의 속도에 휩쓸리지 않고 느리게 자기 속도로 자연스럽게 살던 사람들에게서 배워요. 작가로는 일본의 우치다 다치로를 좋아해요. 일본의 사상가이자 합기도를 하는 무도인이에요. 그리고 아직 부모의 그늘에 있고요.

부모님은 어떤 분인지 궁금해지네요.

살면서 낭만을 잃지 않으셨던 분들이세요. 제 기억 속에 아빠는 항상 공부하는 모습이었어요. 엄마는 소녀 같은 분이었고요. 그 옛날 시골 마을의 허름한 집에 살면서도 생일마다 테이블에 장미꽃을 꽂아 두고, 양식을 먹으며 낭만을 즐기셨죠. 가끔 주말에 예술 공연도 챙겨 다니는 편이었어요. 저도 그렇게 살게 돼요. 일상의 낭만을 잃지 않으려 하던 부모님의 영향이죠.

주로 어떤 사람을 본받고 싶나요.

결혼 후에 일을 병행하다가 지쳐서 직장을 그만두면서 가정주부의 삶이 확실해졌어요. 일하다가 집에만 있으니, 사람을 만나기 힘들고, 생활 방식도 너무 고정되더라고요. 갑작스러운 변화가 너무 힘들어서 책을 읽기 시작했어요. 그러다 동네 책 읽기 모임에 들어가게 되었는데, 처음 모임에 들어 갔을 때는 그리 오래 하리라고 생각하지 못했거든요.

그런데 거기서 만난 분들이 인생에 도움이 되는 말을 많이 해 주셨고 본인들도 그렇게 살고 있더라고요. 계속 만나다 보니 어느 순간 치유받고 고민을 상담하게 되었어요. 진정한 멘토 역할을 해 주신 거죠. 예전에는 멋진 사람, 근사한 사람, 책 쓴 사람을 바라보고 살았다면, 이제는 평범하지만 배우고 본받을 점이 많은 사람과 만나며 영향을 받아요.

엄마, 아내의 자리에 선 여성들 사이에서 자신을 찾고 싶다는 목소리가 높아요. 자신을 찾는다는 건 어떤 의미일까요.

자기 자신을 안다는 게 중요해요. 알려면 공부해야 해요. 단순히 자기중심적인 것과는 달라요. 소위 중년 이후에 나를 찾겠다는 목소리에는 '자기중심적인 것'과 '자기 자신을 탐구하며 나와 가까워지는 것'을 혼동하는 경우가 있어요.

자신에 대한 공부가 필요하다는 건 다양한 내 모습을 인정한다는 의미예요. 때로는 독립적이지만 의존적이기도 한 나를, 어수선하면서도 해야 할 일을 하는 나를, 못됐지만 착하기도 한 복잡한 존재의 나를 받아들이는 거죠. 어떤 모습이든 자연스러운 게 나답게 살아가는 거라고 생각해요.

'나다움'은 어떻게 이뤄가는 걸까요.

자신에게 질문을 계속 던져야 해요. 작은 물건 하나도 '이게 내게 필요한가?', '나한테 어울리나?' 물어보고요. 무슨 일이든 '이게 가장 나다운 건가?'라는 질문에 답하는 경험을 쌓다 보면 어느새 진짜 나의 모습을 찾게 되는 것 같아요. 그런 작은 선택과 고민이 모여 나다움을 이룬다고 생각해요.

결혼한 여성은 아이를 키우고 가족을 돌보는 일에서 벗어날 수 없잖아요. 엄마, 아내로 주어진 역할은 어떻게 받아들이세요?

가족을 돌보는 시간이 과연 나를 잃어버리기만 하는 시간일까 묻게 돼요. 오히려 또 다른 무언가를 채운 시간이 되기도 하잖아요. 엄마가 되는 시간을 거치지 않았다면 지금 내 모습은 어떨까를 생각해 보는데, 어떤 부분은 잃어버리고, 어떤 부분은 채워 온 시간이었어요.

그 과정을 거치며 더 성장한 것 같고요. 중요한 건 스스로 선택을 인정하고 긍정적으로 받아들이는 자세가 아닐까요. 설사 잘못된 선택일지라도 얻는 게 분명히 있거든요. 관점의 전환도 필요해요. 누군가로부터 받는 존재가 아닌 나눠주는 존재로 그 시기를 바라보면 좋겠어요.

나눠주는 존재가 된다는 건 어떤 의미인가요?

시한부 선고를 받은 철학자 김진영 작가가 《아침의 피아노》에서 "나는 사랑의 주체"라고 했던 말이 와 닿아요. 사랑의 마음을 잃지 말고, 그걸 늘 가슴에 꼭 간직하라고 당부했죠. 사랑의 관계를 제대로 돌아볼 필요가 있어요. 아이를 사랑하고, 세상을 사랑하는 마음으로 바라본다면 내가 이 시기에 경험하는 것들에 대한 해석은 달라지죠. 김진영 작가가 남긴 죽음의 기록도 타인을 위한 일이었어요. 작가의 말처럼 사랑의 주체가 된다는 건 마음이 '나'에서 '타인'에게 향하는 것이잖아요. 그 관점이 참 감동적이었어요.

작가님 책을 읽다 보면 흐릿하던 감정이 선명하게 드러나는 걸 경험

하게 돼요. 자기 감정과 생각을 정확히 표현하는 게 중요하잖아요.

네, 맞아요. 내가 아무리 좋은 생각을 하더라도 그걸 말이나 글로 표현하는 건 또 다른 문제인 것 같거든요. 글을 쓰는 사람으로서 제가 지닌 것을 잘 활용하고 싶어요. 말하고 싶어도 하지 못하는 이들을 대변하는 역할을 해야겠다고 종종 생각해요.

그런 사명감으로 글을 쓰시는 편인가요.

아니요. 꼭 그런 것만은 아니지만. 그러려고 노력한다는 정도죠, 뭐.

그렇다면 자기 생각과 의견을 제대로 이야기하고 글로 표현하는 데 필요한 건 뭐라고 보세요.

'깊이 생각하기'인 것 같아요. 깊이 생각하는 훈련이 되어 있지 않으면 글솜씨가 좋아도 제대로 된 이야기를 들려주기 힘들다고 봐요. 내 안에 이야기가 쌓여 있어야 하고요.

좋은 이야기는 어떻게 쌓을 수 있을까요.

자기 삶을 자세히 관찰하는 태도에서 비롯된다고 봐요. '이렇게도 보고' '저렇게도 보고'. 이야기의 표층적인 부분에서 못 내려가고 거기에 머물면 허공에 뜬 얘기만 할 수밖에 없잖아요. 특히 깊이 있는 이야기를 하려면 다양한 사람의 이야기를 접하는 게 좋은데, 책 읽기가 그 방법의 하나일 테고요. 표현 방법이나 전개 방식 등을 배우는 거죠. 누구나 이야기를 안고 살아가잖아요. 사소한 것이든 거대한 것이든 들여다보면 그 속엔 고유한 의미가 있다는 걸 알았으면 좋겠어요.

혼자 있는 시간엔 주로 무엇을 하시나요.

책 읽고 글을 쓰곤 하는데, 제가 혼자 있을 시간이 잘 없어요. 정말 심심하고 싶어요. (웃음)

인스타그램 피드에 중학생, 고등학생 된 아이들에 대한 이야기가 종종 보여요. 성적, 진로 등 고민이 많아질 때죠?

사람이 어떤 상황에 내몰리기 전까지는 자신이 어떤 사람인지 알지 못하는 것 같아요. 아이들 덕분에 성장해요. 아이들에게 어떤 상황에서도 다시 일어서고, 주어진 것에 적응하고 순응하며 살아가는 사람이 되도록 이야기해 주려고 해요. 얘기도 많이 들어주고, 공부와 상관없이 '넌 괜찮은 사람'이라는 걸 알려주고 싶다고 생각해요.

점점 아이 키우기 힘든 세상인 것 같아요. 학창 시절에 '어떻게 살아갈 것인가?' 등 삶의 본질을 교육해야 하는데 생각보다 성적과 대학 입학이라는 분위기 등에 휩쓸리다 보니 점점 불행한 아이와 엄마가 되어 가는 것 같아 씁쓸해요. 사회적으로도 큰 문제라고 봅니다.

평소 아이들에게 어떤 얘기를 들려주시나요.

가끔 이성을 잃을 때 '공부해라'라고 하다가도, 이성을 바로 잡고 있을 땐 '공부가 전부는 아니다', '세상엔 그거 말고도 할 수 있는 것이 많다'고 얘기해요. 왔다 갔다 하는 편이에요. (웃음) 다만 공부를 통해 성취감을 느끼고, 그 과정에서 배우는 게 있다고 봐요. 성실함 같은 삶의 태도요. 내가 진짜 원하는 삶을 살고, 좋아하는 것을 하면서 살아야 한다는 이야기도 해요.

앞으로 아이들은 어떻게 살아가길 바라세요?

전 힘든 상황이 오면 그걸 덮어 놓으려고 하지 않고 어떻게든 헤쳐 가려는 편이에요. 이겨내고 나 자신을 찾아야겠다는 마음으로 여행도 하고 일도 찾아보고 연애도 해 보면서, 가능한 모든 걸 경험하면서 배웠던 것 같아요. 그러다 어느 순간 돌아보니 이제껏 걸어온 시간이 헛된 게 아니구나 싶었거든요. 그때 치열하게 경험하고, 고민하지 않았다면 오히려 뒤늦게 고민했겠죠.

그래서 아이들이 해 보고 싶은 거 다 해 보며 자신을 던져보는 경험을 했으면 좋겠어요. 안전한 길로만 가려고 하지 말고요. 헤매다 보면 어느 순간 자신의 길을 찾게 되는 것 같아요. 기다리는 건 제 몫이지만요.

가사노동 문제는 가정 안에서 어떻게 해결해 가시는지 궁금해요.

남편은 자신의 역할에 충실한 편이지만 역시 집안일에는 '도와주는 태도'인 것 같아요. 결혼한 지 10년이 훌쩍 넘었는데, 싸우고 충돌하면서 달라진 건 서로 견해차를 인정하게 됐다는 점이에요.

예를 들어 청소 문제의 경우에 '이 사람은 나만큼 그렇게 깨끗한 집을 원하지 않을 수 있겠구나'라고 생각하기 시작했거든요. 청소할 필요성을 못 느끼는 거잖아요. 이렇게 서로의 기준을 받아들이며 적응해요. 그래서 가정 안에서도 체계를 함께 만들어 가는 게 중요하다고 생각해요.

작가님의 이야기를 듣다 보니 책에 담긴 이야기 그대로의 모습이네요. 책을 읽고, 쓰는 일은 자기 신념을 더 단단하게 만드는 것 같아요.

신념이 아집과 고집이 되지 않게 조심해요. 단단하고 딱딱한 것보다 말랑말랑하고 풀어진 게 좋다고 봐요. 유연한 사고가 중요한 것 같아요. 혹시라도 아집 같은 게 생기면 '이렇게 늙어 가는 거구나'라는 생각이 들더라고요.

어떻게 나이 들고 싶으세요.

씩씩하고 튼튼한 할머니가 되고 싶어요. 지금보다 더 용기

가 있었으면 좋겠어요. 굳이 좋은 사람이 될 생각보다는 못
돼 먹은 할머니가 되고 싶다고 생각해요. 심술궂은 할머니
요. 사람이 심술이 있어야지 재밌어지잖아요.(웃음) 세상의
속박이나 남들이 어떻게 보는지 등의 시선에서 벗어나서 재
미있게 살았으면 좋겠어요. 명언만 남발하는 할머니는 되지
말아야지 생각해요.

작가님이 생각하시는 '성공'의 모습은 어떤 건가요?

작가로서 성공하는 모습도 가끔 상상하곤 합니다만, 마음
편히 사는 게 최고인 것 같다는 생각에 이르러요. 건강하게
살아남자고도 생각하고요. 적어도 75세까지는.

**마지막으로 살면서 '나'로 살아가는 데 빼앗기면 안 되는 것, 지키고
싶은 것은 무엇인지 궁금해요.**

시류에 휩쓸리지 않는 거요. 제가 어느 집단에 소속되어
있건 늘 제자리는 가장자리였어요. 아웃사이더였고요. 그래
서 늘 관찰하는 위치였죠. 집단의 한가운데에선 비판적 시각
을 갖기 힘들거든요. '아이를 키우는 일이나, 살아가는 일이
나. 남들이 정해 놓은 기준에 맞추는 게 과연 자기 삶일까?'
라며 한발 물러서서 종종 생각해요.

중요한 건 내가 정하는 대로 나답게 살아가는 거예요. 남
들이 뭐라든 자기 생각에 당당해졌으면 좋겠어요. '나는 이

렇게 살겠습니다'라며 자기 생각대로 살면 되는 것 같아요.

　한수희는 시시콜콜한 일상을 창의적으로 그려 낸 작가다. 매일 쳇바퀴 굴러가듯 반복되는 일상이 하찮게 느껴지는 건 익숙하기 때문일 것이다. 한수희 작가는 똑같은 일상을 살면서도 매번 다르게 보려고 노력하는 사람이다.
　그만의 솔직함도, 유머도, 마음 한편 훅 치고 들어오는 이야기도 스스로 선택한 조금은 다른 자리, 결핍의 자리, 삶의 가장자리에서 그려 낸 것이다. 일상을 살아가는 작가의 다른 방식에서 내 안에 자리 잡은 고집스러운 원형이 폭삭 붕괴하는 듯한 경험을 했다. 덕분에 눈과 마음이 깨어난다.

자기 확신이라는 다정한 장치

글을 쓸 때마다 흔들린다. 한수희 작가를 만난 후에 그 흔들림의 근원을 알게 됐다. 바로 자기 확신이 문제였다. 확신 없는 허약한 나 자신이 쓰는 나를 흔들었다. 자기 확신의 시작은 내가 진짜 원하는 것은 무엇인지 알아채는 것이다. 피터 비에리 《자기 결정》에는 자신이 누구인지 표현하지 않는 사람은 자신이 누구인지 알 수 있는 기회를 놓친다는 문장이 나온다.

마음이 가는 영화와 책, 내가 편한 삶의 방식, 가장 잘 어울리는 옷, 좋아하는 일. 살며 쓰며 부딪히며 알게 되는 것들부터라도 당당히 드러내기로 한다. 그렇게 드러내며 차곡차곡 쌓은 나와의 신뢰가 나를 단단히 만든다는 걸 깨닫는다.

한수희 작가에게는 '자기 확신'을 위한 장치가 여럿 있다. 좋아하는 글만 쓰겠다는 원칙, 솔직하게 진심으로 드러내다 보면 누군가는 공감하고 기뻐할 것이라는 믿음, 당장 무언가를 이루려 하지 않고 느긋하게 무리하지 않는 범위 내에서 내 걸음을 걷겠다는 주관, 가장자리에서 다르게 보는 각도.

그는 세상이 정해 놓은 방식에 휘둘리지 않았다. 여성, 엄마라는 한계에 갇혀 자신을 억누르지도 않았다. 오히려 그 세계를 당당히 두 발 내디뎌 걸으며 자신에게 가장 편안한 방식을 찾아냈다. 매번 그런 식이다. 남들의 정해 놓은 제약에 떠오르는 영감이 쭈그러드는 일은 허용하지 않는다.

내심 인터뷰에서 솔직하고 재미있는 글을 쓰는 속성법 같은 게 있다면 전수받고 싶었다. 하지만 작가는 오히려 글을 쓸 때는 '원칙'을 성실하게 지키는 편이었다. 바로 퇴고의 힘이었다. 재능과 대부분의 노력이 몸 안에서 작용하며 그녀만의 새로운 감각의 세계가 열렸다는 것을 의미하기도 했다.

여성으로, 엄마로, 딸로 많은 선택 앞에 선다. 여성, 엄마, 예술가의 삶에서 매번 흔들리다 균형을 되찾고, 그러다 생긴 균열을 땜질하곤 한다. 한수희 작가는 오히려 세상을 향해 반문한다. '누가 선택을 강요하는가?'라고. 직접 삶과 부대끼며 그만의 생각과 감각으로 삶의 기준과 균형을 유지한다. 가끔 기준과 균형을 이탈하면 궤도를 수정하면서.

인터뷰를 마친 후에 마치 그녀의 손을 잡고 뛴 것처럼 신나고 든든한 기분을 만끽하며 종로의 한 골목길을 나선다. 땀이 송골송골 맺힐 때까지 진행된 인터뷰는 순식간에 흘렀다. 고개를 끄덕이다가, 먼 산을 바라보다가. 그녀의 말을 한참 곱씹으며 메모하고, 기록했다.

시시콜콜한 이야기에 무릎을 치고, 툭 던지는 말에 까르르 웃었다. 가볍고 홀가분하게만 흐른 시간인 줄 알았는데 마칠 때쯤 뭔가 후련했다. 속이 뻥 뚫린 듯 상쾌한 기분마저 들었다. 뒤돌아보니 참 많은 게 남아 있다. '쓰는 나'를 향하던 질문에 대한 명쾌한 답들이다.

다정함은 동그라미다

○

만남 뒤에 집으로 돌아가는 길에 어스름한 저녁노을 짙은 하늘을 올려다본다. 아침의 환한 광채도 좋지만, 저녁의 평온한 노을이 주는 푸근한 아름다움을 동경하게 된다. 이런 마음을 알아채기라도 한 듯 저녁 하늘은 고요하고, 평온하기만 하다.

늘 누군가를 만난 후에 집으로 돌아가는 저녁이 좋았다. 거추장스러운 것을 벗어던지고 솔직하고 상냥하고 다정한 말을 두 발 위에 얹고서 사뿐사뿐. 걸음은 한결 가볍다. 그런 날엔 어김없이 이어폰에서 흘러나오는 음악을 들으며 가던 길을 다시 가고, 먼 길을 돌아가며 걷고 또 걷는다. 나의 기쁨이 나의 노래가 되어~, 내 안에 깊은 곳에서 우러나오는 진한 감동들이 음악을 타고 흐른다. 애쓰며 헤쳐 온 오르막 그리고 내리막의 길. 너그럽지만은 않았던 지난 시간 사이사이 만남의 여운이 어우러져 고유한 삶의 리듬을 찾아간다.

힘차게 걷던 길 끝에서 멈춰 서던 그때. 다시 아이들 앞에 동그랗게 다리를 모으고 앉았다. 헐떡이며 무언가를 만들어 낼 때의 시간은 사각 모양의 바퀴로 굴러가듯 철커덩, 철커덩! 바닥엔 깊이를 알 수 없는 흠집을 내며 가까스로 굴러가는 듯 아슬아슬. 이제 먼 길을 돌아온 지금은 참 둥글게 둥글게 굴러간다. 아이들과 난 여전하지만, 달라진 게 있다면 굴러가는 시간의 모양이다. 동그라미를 그리며 둥글게 둥글게 굴러간다. 얼굴도, 입 모양도, 표정도 '0'처럼 둥글어진다.

둥글게둥글게 굴러가다 뾰족한 모서리를 지우고, 울퉁불퉁한 바닥을 평평하게 펼쳐 낼지도 모를 일. 자연스럽고, 편안하게 굴러가다 보면 저기 멀리까지도 갈 수 있을 것만 같다. 이제야 둥글어진 오늘이 참 다정하다. 다정함에도 모양이 있다면 그건 분명 둥근 모양일 거라며 입을 동그랗게 모았다. 어쩌면 지난 계절이 내게 알려주는 것은 이 한 문장인지도 모르겠다. 둥근 순간을 살면, 내 삶도 둥글어진다.